眾神的十月（二）

Shoji Yukiya
小路幸也

すべての神様の十月（二）

目次

戌日

剛好是宅急便來的時間，我什麼也沒確認就拿了印章喊著「來了～」，打開玄關門。
一位奶奶站在我眼前。
不、不是我親生祖母，是位陌生的奶奶。
她穿著和服，身上披著那種不知道叫什麼、穿在和服外面像外套的東西，還抱著一個紫色布包袱。
頭髮是夾雜了白髮的褐色。原以為她染了髮，不過也可能是變成白髮過程中的褐色。髮量並不少，甚至算是豐盈。
再怎麼看都不像送宅急便的。
「你好。」
「啊、妳好。」
對方向我深深一鞠躬，我也下意識地回了禮。
「我叫雜賀多禰。」
「雜賀多禰女士。」

一聽到「雜賀」這兩個字馬上就想到雜賀眾。我一直很喜歡歷史。姓雜賀、叫多禰，名字相當古典，不過這位奶奶不知道幾歲了？這種老人家的年齡真的很難猜。我看起來覺得應該差不多八十歲左右吧。而且以前好像從沒見過她。

附近沒看過這樣的奶奶。

我也並不認識叫雜賀多禰的老人家。

我自認是個對年長女性和孩子很親切的男人，但或許表情還是沒藏住疑心。

這位奶奶，雜賀多禰女士看著我，稍微偏了偏頭。動作該怎麼說呢，有點可愛。有著大大黑眼珠的眼睛圓滾滾、臉型也偏圓，是位可愛的奶奶。

「您該不會還沒聽說吧？」

「聽說什麼？」

「我是來這裡當幫傭。」

幫傭？

「啊？來我家嗎？」

多禰奶奶空出來的那隻手伸進袖子裡，取出iPhone。哇，用得還真熟練。單手拿著手機、大拇指敏捷地滑動，正在確認著什麼。

「是的，我受您父親西條進先生的委託而來。尊夫人因為有早產的危險正在婦產科住院，直到尊夫人平安生產之前，希望我來照料這個家裡的大小事。」

「我爸？」

怎麼可能？

絕對不可能。

「啊？真的嗎？」

多禰奶奶快速地點了點頭，對我微笑。

「費用令尊已經事先預付，主人您完全不需要支付我任何費用。」

主人。

啊，是指我。

「每天的食材或消耗品等等，這些購物支出會由我先墊付，日後再跟令尊請款，還請您放心。」

我爸？

他明明那麼反對我跟美耶子結婚。

明明在那之後我們完全沒有聯絡。

☆

認識美耶子是三年前。剛好在我辭掉工作成為自由身後不久。

人生中真的有很多奇妙的機緣巧合。

那一年我三十二歲。在公司從事平面設計工作已經十年，擔任組長、有自己的下屬，薪水也漲了，旁人看來可能會覺得我的設計師生活相當順利。

但是另一方面，不太感興趣的網頁設計工作增加了非常多。我知道這是業界整體的大趨勢，網頁工作本身也有不少有趣的地方，但心裡還是有說不出的抗拒。

所以我一邊上班，一邊以個人身分接案畫插畫。不是類比、而是數位插畫，用的是Illustrator或Photoshop這些軟體。我好歹是美大畢業，運用畫材作畫沒什麼問題，也確實有這類作品，不過總覺得數位比較適合我。我把作品上傳到各種社群平台上。

雖然偶爾會接到一些零星工作，但沒有什麼大案子，不過我還是慢慢持續產出作品。某一天，我接到了一位出版社編輯的聯絡，而且還是一間名氣不小的大出版社。

對方想委託我替小說的裝幀繪製插畫，也就是所謂的裝幀畫。

我嚇了一跳。

因為那本小說是家喻戶曉的暢銷小說家最新作品。

聽說那位作家經常上網，偶然在網站上看到了我的插畫，覺得很適合作為新作的裝幀畫，便向編輯提出了要求。

我真的很驚訝，也很開心。

這是我第一次以插畫家身分接到的大案子。幹勁十足完成的裝幀畫也大受好評，經裝幀設計師之手所設計的書籍完成，正式上市。我畢竟是平面設計師，其實也想嘗試書籍裝幀，但做人不能太貪心。專業的事還是交給專業的人。

當然，小說賣得很不錯。同時我也接到愈來愈多裝幀畫的委託。幸好自己還算懂得變通，許多不同感覺的裝幀畫委託，我都能夠發揮自己畫風來完成，漸漸累積起發表作品。

過了一陣子之後，不只裝幀畫，我還接到了動畫的案子，所謂的角色設計原案。由我來畫出某一本小說裡出場的所有人物，然後以此為本發展出動畫角色。我同時也得兼顧公司的工作，當然每天都忙到頭昏眼花，不過日子卻過得很充實。

就在我進公司第十年，插畫家的收入超過了薪資，我決心辭職。

我開始自由接案。

正式獨立。

我搬離了之前一房一廳的家，租了能在家裡規劃工作空間的一房兩廳華廈。當然也不是什麼氣派的地方，就是比一般公寓再好一點點的分租華廈。

隔壁住的就是美耶子。

單親媽媽美耶子，以及她兩歲的女兒果音。

☆

看到進了房間的多礪奶奶，果音愣了一愣，但很快就笑著接近多礪奶奶，這讓我很驚訝。因為她平時是個很內向怕生的孩子。

「妳好啊。」

「妳好！」

竟然還這麼有朝氣地回話，我再次覺得驚訝。

因為是老奶奶所以不害怕嗎？話說回來，之前好像沒有什麼跟老人家相處的經驗。

「叫我多爾就好了。」

「多爾？」

果音笑了，一方面開心，又覺得好笑。

「妳在幹什麼啊？」

「看電視。」

「是嗎？」

多爾奶奶環視房間一圈。結婚時我們又搬到這間兩房兩廳的華廈。一樣不是什麼氣派的房子，房子很老舊，價格非常低，不過因為空間大，我很喜歡這裡。

「恕我冒昧，您好像很少打掃。」

「對啊，不好意思。」

下意識就道了歉。不過雖然不是太徹底，我也用吸塵器吸過地啦。多爾奶奶迅速舉起左手看著手。

看到她手上的 Apple Watch 我再次感到驚訝。

多爾奶奶還真厲害。這可能是我第一次遇到這麼善用iPhone或Apple Watch的老人家。

「都已經這個時間了，我看打掃就明天再說吧。今天的晚餐您怎麼打算？」

「啊，我想弄義大利麵。」

「什麼口味的義大利麵？」

「家裡有肉丸，不過是冷凍的。」

多爾奶奶很快地點點頭。

「最近的冷凍食品都很好吃呢。妹妹妳想吃義大利麵嗎？還是想吃白飯？」

多爾奶奶問果音，果音想了想，又彎起嘴角笑著說：

「配菜是什麼？」

「我可以做妳愛吃的東西啊，想吃魚或者想吃肉都可以。」

「那我想吃薑汁豬肉跟白飯！」

「沒問題。」

多爾奶奶溫柔地笑了，摸摸果音的頭。果音並沒有抗拒，反而很開心。妳這孩子什麼時候變得這麼親人？

真是驚訝。平常只要有陌生人接近，她就會躲在我身後。我對於不斷驚訝的自己也感到很驚訝。

多爾奶奶說，早就料想到這種狀況，所以買了一些東西過來，然後打開了包袱，裡面有保冷袋，她拿出肉、奶油等許多食材。她接著打開我家冰箱、廚房抽屜檢查後，滿意地點點頭。

「尊夫人平時有做菜習慣呢。」

「嗯，對啊。」

我覺得美耶子很會做菜，不過她說不喜歡打掃，但是又喜歡洗衣服，我是覺得這兩者還可以分出喜歡不喜歡有點奇怪啦。

「您請放心去跟小姐玩，或者去工作。剩下的事情全都交給我吧。」

「好……」

既然對方都這麼說，也只能交給她了。我猜她除了準備晚餐，應該還會幫忙收拾家裡、放好熱水讓我們方便洗澡吧。

老爸請來的幫傭。既然是老爸決定的，應該是從值得相信的地方、或是透過熟人介紹的人吧。我想不會有差錯。

「請問多禰奶奶您晚餐怎麼處理？」

「如果不麻煩的話我就一起吃。」

是不會麻煩啦。

「那個……您會住在家裡嗎？」

我開始擔心睡覺的地方。多禰奶奶呵呵呵地笑了。

「我不會住下。吃完晚餐收拾過後我會先回家。明天小姐上幼兒園對吧？」

「是的。」

「那我大概六點過來。」

六點。

「回家時如果能給我備份鑰匙，我會安靜進屋準備早餐不吵醒您。我來了就會歸還備份鑰匙。如果讓我拿著鑰匙您不放心，我也可以按門鈴。」

「喔，沒有啦。」

鑰匙是有的。正在住院的美耶子原本用的鑰匙。

「那就麻煩您了。」

我也不知道為什麼，但直覺交給她鑰匙應該沒問題。再說這個家裡也沒什麼擔心被偷的東西。存摺、印鑑之類的東西都在我房間，不需要擔心。

而且我幾乎都一直待在家裡工作。

多爾奶奶做的飯菜非常好吃。

她做事也相當俐落。轉眼間就準備好晚餐、收拾乾淨，還打掃完浴室放好熱水，趁中間空檔讓果音準備洗澡要用的東西，自己拿好換洗內衣褲。看起來跟果音相處得非常好，我不需要一直陪著果音，工作也更有效率。

真的非常能幹。

「您洗澡的時候我會稍微打掃一下屋子。請慢慢來。」
果音現在還願意跟我一起洗澡。女孩會願意一起洗澡到幾歲?什麼時候會開口嫌爸爸臭?什麼時候會完全不願意跟我說話呢?
我經常會想這些事。
畢竟果音不是我的親生女兒。現在她雖然完全相信我是她父親,可是等她長大,是不是有一天得好好告訴她真相呢?
還有果音即將出生的弟弟。
我跟美耶子的孩子,跟果音會成為真正的姊弟嗎?
我現在才知道,有些事真的要等到結婚生子之後才能真正體會。有了孩子之後,生活中只會想著孩子的事。
我一直在思考孩子們的未來。
跟果音一起洗好澡後,家裡變得乾淨清爽。大概是因為時間晚了所以沒有用吸塵器,不過很多東西都收拾好了。
「那我今天就先回去了。」

多禰奶奶已經做好了回家的準備。
「啊，您辛苦了。」
「哪裡哪裡。」
「明天起就麻煩您了。」
「妳還要來嗎？」
剛洗完澡的果音說起話來奶聲奶氣的。
「對啊，我每天都來。等到果音的媽媽跟弟弟回來為止。」

☆

多禰奶奶真的每天都來。
其實之前除了果音去幼兒園的時段，其他時間我幾乎不可能排進工作上的會議，但是現在一點問題都沒有。如果果音會怕多禰奶奶，或許還得想想其他方法，不過她們的相處也完全沒問題。

本來覺得可能得犧牲一些工作，但是根本不用擔心。多爾奶奶會幫忙去幼兒園接果音，我可以一直集中精神工作。

果音黏多爾奶奶黏到讓我有點難過，果音不想跟爸爸玩了嗎？比較喜歡多爾奶奶嗎？第一次跟母親分開生活的寂寞，完全被她拋到腦後。

多爾奶奶除了家事之外，育兒方面應該也很有經驗。她不只是陪果音玩、寵著她，還會確實在相處之中融入教養。

實際上美耶子在的時候，我也稍微看過果音在旁邊幫忙的樣子，可是多爾奶奶來了之後她更積極地主動幫忙。

「果音真能幹。」

誇了之後，她有點難為情地笑著說。

「因為我要當姊姊了啊。」

「就是啊。」

第一次聽她這麼說。如果美耶子知道一定很開心。

果音去幼兒園時，多爾奶奶打掃、洗衣、購物。總之所有家務她都一手包辦。

我什麼也幫不上忙，不過至少可以自己泡咖啡。反正有咖啡機，這點小事總該自己來。

「多爾奶奶您喝咖啡嗎？」

「喝啊。」

「那要不要來一杯？這咖啡豆是附近自家烘焙老咖啡館的豆子，我很喜歡，經常去那裡買。」

「喔，是嗎？」

她一邊摺衣服一邊微笑地說，那我就不客氣了。將咖啡倒進馬克杯，正要遞給她。這時我發現多爾奶奶伸出的右手在手腕的上方有一塊顏色很淡不過稍大的胎記。是個圓形的胎記。

我有點好奇，但是當然什麼也沒問。

「多爾奶奶，您住附近嗎？」

喝著咖啡，我問道，她微微偏著頭。

「說近也算近吧。」

她說了一個搭電車不到三十分鐘的站名。確實是說近也算近的距離。我家到車站徒步兩分鐘。雖然說是工作，但是讓老人家這樣每天通勤往來心裡也有點罪惡感，不過詢問人家年齡好像也有些唐突。我正好奇她不知道有沒有其他家人，多禰奶奶就開了口。

「我沒有家人。」

沒有。

「我一直是一個人。」

「這樣啊。」

「本來有兄妹，但是都走了，也有的下落不明。」

下落不明？我不好意思問為什麼。人生總是有不少變數。

再說，假如多禰奶奶現在八十歲，那應該不是戰後才出生，會是在戰時出生的。兄妹當中有人下落不明也不奇怪，就算她年輕一點、七十多歲好了，等於出生在戰後不久的混亂期或者復興期當中。

假如她有過一段我們難以想像的人生，也完全不難想像。

「所以我也沒帶過孩子。」

「是嗎，可是看起來您很擅長跟孩子相處啊？」

「畢竟都活到我這個歲數了，那當然有過不少經驗。」

這麼說也對。假如一直當幫傭到這個年紀，就表示已經持續了幾十年，過去應該也跟不少孩子相處過。

「這是您第一個孩子吧？」

這些應該都是老爸告訴她的吧。

包括我是第一次結婚，不過美耶子是再婚。還有美耶子結婚時已經有了孩子。也就是說，她應該已經知道果音不是我的親生孩子。

「是沒有錯。但是我剛見到果音時，她也才兩歲。」

「根本還是個嬰兒呢。」

就是啊。所以跟美耶子之間的第一個孩子，該怎麼說呢，並沒有讓我覺得特別緊張。因為我已經跟果音一起生活了三年。

「不過心裡還是有點不安，或者說忍不住會想，果音能不能跟弟弟好好相處、長大之後發現自己姊弟倆的父親不一樣，不知道他們會怎麼想等等。」

「這樣嗎。」

嗯嗯。多爾奶奶點點頭。

「不過先生啊，」

「嗯。」

「有一個方法可以解決所有問題呢？」

「解決？」

只有一個？

多爾奶奶彎起嘴角一笑。

「那就是愛情。」

「愛情。」

「不只是愛，還要加入情。愛情具備比任何情感都更強大的感染力。因愛結合的夫妻就算離婚，只要父母親跟孩子之間有愛情相連，不管發生什麼事都不會有問題。即使不是自己的孩子也一樣。」

說著，她用力點點頭。

「其實我就是被不是親生父母的人養大的。」

「喔，是嗎？」

她慢慢微笑著點點頭。

「我呢，就是在他們滿滿的愛情灌注之下長大的。因為有了他們的愛情，我才能夠擁有幸福的人生。所以不用擔心。只要您帶著愛情，孩子們一定會感受到的。」

她一直盯著我看。多爾奶奶的眼睛真的很可愛。以一個老奶奶來說，那對有著明顯黑眼珠的眼睛相當清明澄澈。

「可是我跟我爸……」

我忍不住脫口而出。

「處得不好嗎？」

「他當初反對我們結婚。」

我老爸很固執。他從一流的高中和大學畢業，當上大學教授，同學不是官僚就是醫生或公司老闆，放眼望去全是這種人物。

所以他一直不肯接受我跟年紀比自己大、以前當過陪酒小姐，又跟渣男生下孩子後離婚的美耶子結婚。

就算他不接受，我們也已經成年，還是不顧他的反對硬結了婚，可是老爸沒參加我們的婚禮，也不准我們踏進老家門檻一步。

「有孩子的事我只告訴了老媽。」

「不過我既然都來了，這就代表了令尊對您的愛情啊。他反對結婚，一定也是為您著想。假如您結婚的對象是個沒有婚姻經驗的年輕護理師，相比之下確實分數不太高。」

「那只是顧及外界眼光的看法吧？」

「就算是，也是出於愛情。請您站在為人父母的立場想想。您現在也是個好爸爸，應該不難想像。假如果音長大之後說打算跟個小白臉結婚，就算他們彼此相愛，您難道不反對嗎？」

怎麼不反對。

可能、不，一定會反對。

「就算見了面之後可能覺得對方人還不錯，也不免會想，為什麼偏偏得跟這種人在一起。」

「是這樣的嗎？」

「是啊，就是這樣。但是只要能過得幸福就好。做父母的只希望孩子能過得幸福。就只有這個心願。我想令尊一定也覺得，你們現在既然已經過得很幸福，還有了孩子，雖然自己反對，現在這樣也沒什麼不好。他應該是這樣想，才會派我過來的吧？」

多禰奶奶說，等孩子平安生下來也不遲，到時候最好自己去跟爸媽報告。

醫生說了，沒有大礙。雖然早出生了一點，不過是個健康的男孩。

真令人感動。

我跟美耶子的孩子，果音的弟弟。我絞盡腦汁想孩子的名字，但遲遲還沒決定。果音一直笑，顯得很開心。弟弟、我的弟弟，一直盯著看。

「我想帶著果音去跟老爸報告孩子出生了。」

我對躺在床上的美耶子這麼說，她微笑地點點頭。

「還得跟他道謝呢，謝謝他請多爾奶奶過來。」

「那當然。」

多爾奶奶在家等我們。

☆

我跟果音手牽著手，按下老家玄關的對講機，家裡傳出狗叫聲，我正覺得奇怪。果音開心地說：「有小狗耶！」

母親打開玄關門，一隻白狗在門口迎接我們。看起來有點像柴犬，可能還混了些其他的品種。

「回來啦。」

「我們回來了。」

「果音！來奶奶家玩啦！」

母親和果音跟美耶子一起在外面見過幾次，果音也很習慣她。「嗯！」很有精神地點頭打了招呼。

玄關地上沒看到老爸的皮鞋。

「爸還沒回來？」

「應該快到了，剛剛還打過電話。」

母親睜大眼睛，露出期待的神情。

「生了吧？」

我點點頭。

「是弟弟喔！」

「是嗎！太好了！能去看他嗎？」

「當然，不過還會住院一陣子吧。」

母親開心笑了起來，小狗搖著尾巴在她腳邊繞圈。看來不能當看門狗。

「你們養狗了啊？」

「對啊，叫小白。」

小白，真直接的名字。進屋來到客廳，牠一直跟在我腳邊聞著味道。好好記得我的味道喔。果音很喜歡動物，開心地想摸牠。

「怎麼會突然想養狗？」

家裡之前也養過，但是死的時候太難過，後來就說不想養了。

「這孩子好像迷路了。」

「迷路？」

「牠自己跑進我們家院子裡，還戴著頸圈。」

一靠近牠就馬上湊過來撒嬌，於是收留了一陣子，在附近到處問，也帶牠出去四處散步找飼主，但都沒有找到。

「你爸說，就算帶去衛生所或者動保中心，也不見得找得到人收養。所以不如就繼續養吧。是不是跟豆子有點像？」

「喔喔。」

對了，很像豆子。

我小時候家裡養過一隻雜種狗，跟我們一起生活了一段時間，在我上中學的時候老死了。

「你爸說，牠會迷路走到我們家，也是一種緣分。」

「什麼時候的事？」

「就兩個月左右前吧。」

剛好是美耶子住院那陣子。母親看著我，點點頭微笑了起來。

兩個月。

「你爸聽朋友說才知道美耶子住院了。」

「嗯。」

既然都請多爾奶奶來了，我想應該已經知道了吧。

「小白剛好就是那時候來的。你爸還說，要祈求安產。讓小白去跟牠的同類，就是那隻安產之犬拜託拜託。」

祈求安產。

對了，狗是安產的守護神。

我確實聽說過水天宮、戊日這些規矩。

想到這裡，我腦中突然浮現。

豆子的臉。

還有牠的身影。

「豆子。」

褐色的毛、雜種狗。全身都是褐色，只有右前腳長出一塊蠶豆形狀的白毛。

所以才叫牠豆子。

多爾奶奶右手那塊胎記，形狀也很像蠶豆。

跟豆子的白毛是一樣形狀。

「豆子牠……」

「嗯？」

「是幾歲死的？以人類的年齡來說。」

「以人類來說應該有八、九十歲吧。算是壽終正寢了。」

多爾奶奶。

「那個幫傭她……」

「幫傭？」

「就是爸請的那個人。」

母親滿臉問號。

「你爸請了幫傭？」

「不是嗎？多爾奶奶是這麼說的啊。」

「不知道呢，我沒聽說啊。」

沒聽說？

母親也不知道？

「你說他請了幫傭去你家？」

爸什麼也沒告訴媽，擅自決定了？

不、他不像會這麼做的人。

剛好這時候對講機響了。老爸回來了。來到玄關。進門的老爸看到我，稍微揚了揚眉。

「來了？」

「老爸，剛生了。是個男孩。」

喔。他一邊脫鞋一邊淺淺微笑。

「我聽說了，我有個同學在那裡當醫生。」

我想也是。難怪他連美耶子住院等等都知道得一清二楚。醫生的態度也讓我隱約有這種感覺。

「太好了，這樣我就放心了。」

爸笑著拍了拍我的肩。我萬萬沒想到他會這麼高興。

「爸，關於那個幫傭。」

「幫傭？」

他偏著頭。
「你請了幫傭？」
「不，請來我家的幫傭，雜賀多禰。」
他瞇起眼。
「請去你家，誰？」
「你啊。」
他看著我的眼睛，輕輕搖搖頭。
「我沒請什麼人去啊。」
沒請人來。
但多禰奶奶……
豆子。
「爸，果音先麻煩你們照顧一下，我馬上回來。」
我快步奔跑。
往家的方向。

多爾奶奶，妳該不會是……

☆

「喔，稻荷神。」

老是喜歡這樣，從黑夜中無聲無息出現。

「好久不見了，我現在的名字叫篠田。」

喔，叫篠田。

「是葛葉[1]嗎。」

「不是那個字啦。妳呢，這次用什麼名字？」

「雜賀多爾。雜賀眾的雜賀、多爾。不錯吧？」

你是不是歪著頭笑了笑？我說稻荷神啊，你那張狐狸臉總是那麼細瘦，偶爾豐潤一點也不錯啊。

「該不會是因為那家人養妳的時候是隻雜種狗，所以才取了雜賀這個姓？」

「對啊，是不是太直接了？」

「不會啊，很好的名字。看妳這個樣子，孩子應該已經出生了吧？」

「那當然，要不然我為什麼跑這一趟？」

「也是啦。不過……」

「不過什麼？」

他從上到下仔細打量著我，如果這眼睛別那麼細，是圓圓亮亮的大眼睛呢？

「如果下次還有人祈求安產，要不要換成年輕一點的女孩？也犯不著扮成這種老奶奶啊。」

「說什麼呢你，你們狐狸就是愛胡說八道。」

雖然是夥伴，但是狐狸跟狗不一樣，最喜歡擾亂人心。

❶「葛葉」是幻化人形的女狐，又稱信田妻，信田（Shinoda）發音跟篠田相同。

「太太懷孕中，突然有個年輕女孩出現在丈夫身邊，你試試會有什麼後果。誰知道會引發什麼麻煩事。像我這種老奶奶才是最適合的。」

「妳說的也有道理啦。」

「就是啊。那你呢？看起來像個吊兒郎當的年輕男人，這次是做哪一行的？」

「搞活動的啦，活動。就像製作人吧，天天開趴。」

「看你天天那麼開心，真不錯。」

「不開心生意好又有什麼意義？」

很有道理。

「好吧，那之後就繼續由我稻荷神，保佑孩子剛出生的這位先生生意興隆吧。」

「萬事拜託你了。」

「也別對我有太高期待。畢竟這家主人女人運雖然不錯，但是在生意上好像沒有什麼特別的天分。」

「差不多就行了。」

差不多才是最好的。

「能隨時都能買一整條菸就好。」

「多爾奶奶，妳也太老派了吧。現在不能舉香菸當例子了啦。」

「那現在該用什麼舉例？」

也對，該用什麼呢？你不也猶豫了嗎？看，找不到其他適合例子吧。

「那個啦，可以輕鬆支付每個月的手機費率，這應該不錯吧？」

「原來如此。」

可能是個不錯的例子。

「畢竟好人變有錢，通常沒什麼好下場。」

「話是沒錯。但是如果有什麼萬一，窮神一定會來幫忙的。咦？主人回來了吧？是那一戶吧？」

稻荷神指向主人那戶的房子。

「是啊。」

房間裡的燈亮了。

「見一面道別也行啊，畢竟之前是妳的主人。」

「不用了。」

沒有留下隻字片語，但可能掉了幾根毛下來吧。也不知道他會不會注意到。

能再次見面、一起生活，我真的很開心。

主人，還請多多保重啊。

向稻荷神問好

我以前是個討喜親人又可愛的孩子。

據說啦。

外公外婆、爸媽還有美奈子阿姨、義郎舅舅，家族齊聚一堂的法事上都會異口同聲這麼形容小時候的我：「你以前是個討喜親人又可愛的孩子呢。」

父親葬禮時也聊過這個話題。

小時候的我真的是個笑容很可愛，而且完全不怕生、膽子很大的孩子，還在蹣跚學步時就會一個人出外，到商店街上其他店家去笑咪咪地跟別人玩。

當然，在這個小商店街裡大家都認識我，「小滿又來啦」，大家總會陪我玩一會兒，然後聯絡我媽：「他現在在我家喔。」幾乎成為例行公事。

上幼兒園時期的自己，現在還有一點印象，好像確實是這樣。至於為什麼當時要去其他店家，因為走進跟自家老咖啡館不同氣氛的店，總讓我覺得很開心。

蔬果店、拉麵店、電器行、麵包店、理髮店、腳踏車行……

我非常喜歡逛著商店街上的各種店家，包圍在不同味道中，享受各家店的客人陪我玩、給我的疼愛。

因為我的討喜跟親人，大家也經常說我天生就該出生在做生意的家庭裡。

大家都說，出生在很多人聚集的老咖啡館是我的天職，非常適合我，說我就是為了繼承家業而誕生。

開始對此產生反彈心態，大概是我國中的時候。

其實我並不討厭家裡的生意，從小學就開始到店裡幫忙。不管端盤子、沖咖啡、做三明治，對我來說都輕而易舉。

大概我本來就手巧吧，不管做什麼事都學得很快，再加上我討喜又親人，很受客人歡迎。

但是，這又如何？

難道這就是我嗎？

大概是青春期特有的情緒吧。

周圍的人愈說，我就愈覺得自己才不是為了繼承這間店才生下來的，我還能做很多其他的事。

但是我馬上就發現，其實自己沒什麼特別的天分。

我似乎一點音樂、繪畫、文藝之類的藝術細胞都沒有，也並不特別擅長運動。

不管做什麼都可以比平均值稍微好上一點點，但也僅此而已。總之就是個平凡人。

爸在我高中二年級時死於胰臟癌，當時我心想，高中畢業後可能得開始工作了，不過媽對我說，如果想上大學就儘管去。

她說家裡有爸的保險金，還有學資保險可以供我念書，不用擔心錢的問題。雖然我一走家裡就只剩媽一個人，但是她說孩子本來就終究會離開父母親，也必須如此。

我去了北海道念大學，雖然那裡確實有我想上的大學，但另一方面，我也有想離家遠一點、嘗試一個人生活的念頭。

我想在誰也看不到、管不著的地方生活。

當然還有出國這個方法，但實在太不實際了，在日本國內說到最遠的地方就是北海道了吧。九州和沖繩也都在日本邊緣，但為什麼就是不會給人遙遠的印象呢？真是不可思議，總之說到逃避，想要離鄉背井到遠方，好像還是北國比較適合這些台詞。

說來難為情，不過我很想證明自己是個會下廚，即使不靠討喜跟親人的個性，就算身邊沒有認識的人，也能好好一個人生活的男人，這確實也是動機之一。

應該說，這曾經是我的動機。

而我也真的辦到了。

我在北國大地完成了四年的大學生活。

為了有效運用家裡提供的微薄生活費，我學會跑遍不同超市找折價品，本來就不差的烹飪手藝也鍛鍊得更好，廚藝好到大學認識的朋友還會懇切地拜託，說每天晚上都想吃我親手做的菜。

大家都說，不愧我老家是老咖啡館，身上有家裡的DNA。不過我們家的老咖啡館出的正餐只有三明治跟咖哩飯而已啊。這廚藝跟家裡沒有半毛錢關係。

「花藤喫茶」是我們家的店名。

花藤（Hana Fuji）這兩個漢字是我媽的姓，但她姓的唸法不同，唸作Katou，可是很少人一次就唸對，大部分人都會先唸成「Hana Fuji」。從小聽著大家這麼叫她我也這麼想。於是取店名時乾脆用了這個發音。

這間老咖啡館從外婆那一代就在這「三角商店街」幾乎正中間的區段開業，已經有七十年歷史了。

外婆之後由媽繼承，過世的爸爸雖然不是入贅，但是也一起住在這裡，他在搭電車一個小時左右的千葉一間貨運公司當會計。對了，我家店裡的會計也都是爸處理。

剛進貨運公司時為了累積現場經驗，他被分配到配送部，曾經來「花藤喫茶」送過貨，因此認識了媽。這段故事我聽了很多次。他們也聊過將來如果爸被裁員或者屆齡退休後，可以到店裡幫媽的忙。

但這個夢想終究也沒能實現。

這間小小的老咖啡館，位置又在小商店街的正中央，來的客人幾乎都是附近鄰居。

隨意晃進來的新客人大概三天頂多一位吧。偶爾附近如果有房屋翻修或者道路施工，工務店的人會纏著頭帶來吃午餐，但工程一結束也就不會再來。

隔壁是松川家開的舊書店「松川伽藍堂」。

喜歡舊書的人當然一定喜歡閱讀，其中多半都是喜歡紙本書的重度書迷。有人會特意從很遠的地方來這個小商店街的小小舊書店找舊書。也不知道為什麼，這樣的人還不少。

所以來到「松川伽藍堂」找書找了很久後，買了書覺得口渴想來休息休息，隨興走進隔壁我們這間老舊程度不輸給舊書店的老咖啡館的客人，也為數不少。大部分人進到我們店裡後，都會從袋子裡取出剛剛找到的舊書，滿心歡喜，或者眼神嚴肅地開始閱讀。

這是我自己個人觀察之後的感想，喜歡舊書又會走進老咖啡館的人，通常不會只點一杯咖啡。

也不知道大家是不是都有要待久的話就得多消費一點的觀念，這些人通常都會點些吃的，或者再點第二杯咖啡，消費金額不低。對我們家來說是很好的客人。

假如沒有這些客人，我家的老咖啡館一定只有鄰居會上門。

大學朋友曾經對我說，家裡做生意真好。假如求職失敗，還可以直接繼承家業。

不，我就是不想繼承才會來上大學的啊，如果要繼承家裡的老咖啡館，在爸爸過世的時候，或者高中畢業時我早就回家工作了。

所以我一心想在北海道找工作。這樣看來，大家雖然都說我親人討喜，其實我這個人個性應該滿冷漠的。要不然通常父親過世、只剩母親一個人打理家裡的店，應該會想回家幫忙吧。

但我卻想留下來在這裡發展。我覺得這麼做媽應該也會比較開心。

不過天不從人願。

我想從事的植物生化相關職種的職考接連落榜，連一個內定都沒拿到。我也知道這些業種原本職缺就不多，研究所沒畢業幾乎不會有機會，但我還是不想放棄，想一邊打工維生、一邊期待明年的機會。就在這時候——

一個人打理生意的媽住院了。

於是我在確定畢業、但還沒等到畢業典禮時，就回到故鄉的「三角商店街」。

「不過呢，」

喝著我沖的咖啡，滿哥輕輕點了點頭。他身上那件已經有點歲月的灰藍色作業服很適合他。

「能喝到回家的小滿沖的咖啡，還真開心呢。」

「謝啦。」

滿哥在我高二時進了商店街裡同一排的「後藤電器行」工作，大我兩歲。

碰巧我們名字裡都有一個滿字。

而且我姓戶川、滿哥姓十川。

這些巧合讓我們對彼此感覺都很親近，總覺得很合得來。我去外地上大學時他經常來店裡，跟我媽感情也很好。

聯絡我媽病倒了的也是滿哥。

「後藤電器行」裡當然賣電器，但是現在這一行已經敵不過網購或者家電量販店，他們就像一間只要跟家裡電氣相關問題什麼都能處理的「大家的電器行」。

一通電話他們就能立刻去幫獨居老人家裡換燈泡。今天也是，去了老人家裡解決了電視畫面看不到「Wii」的問題。我好奇對方玩什麼遊戲，原來老人家只玩「俄羅斯方塊」。聽說從以前紅白機時代就一直玩俄羅斯方塊。

「我建議他差不多可以換遊戲機了，他說要等著接收孫子玩膩的舊款。」

滿哥高中畢業後就出社會，已經六年了，整個人看起來就是個成熟的人人。我不在這段期間他好像胖了點，本來就圓潤的身體又大了一圈。從後面看去完全像個中年大叔。但是他身手很輕盈，換電視天線什麼的縱身一躍就能爬上長梯子，大概在梯子中段就會跳下來。

「我說小滿啊，」

「什麼？」

「我知道你工作還沒確定，但這不是剛好嗎？反正明年還有機會？趁這段時間可以賺點錢啊。」

「也不知道生意能不能好到賺錢的地步吧。」

「就算這樣，至少住自己家裡不用付房租，餐費也能降低不少啊。」

話是沒錯。

「能去上大學都是靠爸的保險金。以後媽能不能繼續工作也很難說。」

「以後不能再繼續靠家裡了呢。」

「畢竟家裡也沒什麼能靠的。」

幸好媽只是輕微的心肌梗塞，沒有立即的生命危險。住院只住了一星期，現在已經能正常生活。不過之前她每天守著的這間店，往後可不能再讓媽一個人忙。畢竟她現在心臟等於有一顆不定時炸彈在。

「那你打算怎麼辦？要繼承嗎？」

「兩個選擇吧。」

如果我出去上班，基本上就用工作的收入跟媽兩個人一起生活。到時候這間店的營業時間可能會變得很短，或者得關門。

要不然就是我繼承這家店。

「如果不挑的話工作有的是，不然你要不要來『後藤電器行』？」

「去後藤家？」

「後藤老闆最近腰不好。他說自己不能外出，想多請一個人。薪水雖然不高，但是多雇你一個人的工作量倒是有的。這樣一來離你家近，這間店可以只開下班之後的晚上時段。啊，豆皮好像差不多了吧？」

「嗯。」

「好香啊。」

滿哥下班時，田中家要他把今天做的炸豆皮帶來我家。滿哥順便來休息一下，喝起了咖啡。

「這裡真好。有稻荷神的商店街，氣氛很棒呢。」

「是嗎？」

大家暱稱為「後巷大人」的稻荷神，就供奉在我們商店街的後巷。位置剛好在我家這老咖啡館跟隔壁舊書店土地中間。一個小小的稻荷宮，大小不到五十公分。雖然這麼小，還是放了兩尊也不知是狛犬還是狐狸的主神。

稻荷宮歷史相當悠久，沒人知道來歷或者由誰所建。儘管不知道，商店街的人還是會來這裡合掌，祈求生意興隆。

也不知道為什麼，負責給這裡供奉稻荷壽司向來是我家的工作。從外婆到母親，現在不得已成了我的工作。從同一條商店街的「田中豆腐店」買來炸豆皮，用醬油和本味醂還有砂糖、高湯一起煮到入味，接著塞進醋飯，做成很小的稻荷壽司供奉在稻荷宮。

真的很小，女孩子也能一口吃下。

「那真的很好吃呢，有時候我也會收到。」

「因為是用商店會預算做的嘛。」

多出來的壽司只要是地方上的人大家都能吃，沒人會抱怨。我在家時也經常吃這些小小的稻荷壽司當點心或宵夜。

所以味道的記憶已經深深滲透到身體裡。

「要吃嗎？醋飯也做好了。」

「喔，好啊。」

每次分量不能做太多，可是只做一兩個也不容易，所以一次大概會做十個左右。每天供奉兩個，保留明天的份，其他六個自己處理掉。有時我吃，或者像現在這樣分給來到店裡的商店街朋友吃。

「幾個？」

「兩個。所以你怎麼打算？」

「什麼？」

「要不要來我們這裡上班啊？我可以跟老闆說一聲。」

「你的好意我心領了，但是我還想繼續在店裡撐一陣子。」

我已經習慣了一個人看店。再說媽也不是完全不能動。

「我也會想想有沒有辦法讓店裡生意好一點。」

「喔，是嗎是嗎？」

滿哥點點頭。

「我不是當地人，只是個電器行的員工。整個商店街要熱鬧起來，還是得靠你們年輕人多加油啦。」

沒錯，真的是這樣。

雖然是條小商店街，但也有些店家的鐵門長年拉下不營業，而且這樣的地方好像一年比一年多。

「這裡的稻荷壽司還是一樣好吃。多謝招待，我先走啦。」

「嗯。」

「我每天都會過來看看，你要加油喔。」

「謝啦。」

滿哥說了聲「掰！」，離開店裡。

重回店裡之後，商店街的人總是會像這樣來看我。一方面當然也是擔心媽的身體，大家都異口同聲地說。

說看到從小就玩遍商店街各店家的我回來站在店裡，就覺得開心；說很高興能看到我那張討喜的臉；說如果可能的話，希望我永遠待在店裡。

不久之前，大家這些想法都讓我覺得煩，但是現在我只有滿心感謝。沒有半點長處的我，可以待在這裡，被大家所需要。這真的是一件值得感恩的事。

綁在門上的鈴鐺又響了，本來以為是滿哥忘了東西回來拿，抬頭一看，並不是。

是客人。

辣妹。

兩個辣妹走進店裡。

過去很少有這樣的客人，我愣了愣，反應慢了半拍。

「歡迎光臨。」

先進門的女孩有一頭捲捲的染髮，妝容特別強調眼部，可愛的制服在領口有個蝴蝶結，裙子很短，寬鬆的開襟衫是袖子蓋過手掌只露出手指的「萌袖」，紅豔的嘴唇閃閃發著光。

無疑是正統派辣妹。

而且兩個人都很可愛。

不過那制服……

高中生穿著制服來我們店裡其實沒有什麼不可以，但為什麼M高的學生會到這裡來？

對了，可能是去逛了舊書店吧？

咖啡色頭髮的女孩手上拿著隔壁舊書店裝書用的紙袋。女高中生逛舊書店品味也太老成，但並不是不可能。有喜歡舊書的辣妹沒什麼好奇怪的。

「哇，這裡真安靜，好好喔。」

「位子根本隨便挑，桌子也很大。還有這深度……」

嗯，因為現在除了妳們之外沒有其他客人，所以非常安靜。妳們來了之後店裡的氣氛一變，溫度大概高了兩度左右吧。座位全是空的，想坐哪裡就坐哪裡吧。

她們挑了最後面的座位坐下。我在玻璃杯裡裝好水擺上托盤，將托盤放在吧檯上。

「歡迎光臨。」

「謝謝。」

咖啡色頭髮女孩露出甜甜的笑容，接過我遞出的菜單。黑長髮女孩瞥了我一眼，表情平靜地慢慢點頭。

嗯，原來是這樣的組合啊。一個活潑、一個安靜。漫畫裡經常出現的組合，原來現實中這種組合也很多啊。

「我要咖啡，這邊特調偏苦還是偏酸？」

喔？年紀輕輕還懂咖啡，倒是挺罕見的。等等，我也還算年輕吧。

「說起來應該是稍微偏苦吧，不過只有淡淡的苦味。」

「那我要這個特調。」

「請給我法式咖啡。」

黑髮女孩又做出了老成的選擇。高中女生喝法式咖啡啊。

「欸，我們可以在這邊念書嗎？」

「請便請便。」

妳們要念書嗎？

辣妹耶？

不，這完全是偏見。畢竟我高中時代、應該說一直以來都跟這類型女孩無緣，不太了解她們。

「看妳們的制服，應該是M高的吧？」

「對啊～」

M高是這一帶小有名氣的升學高中，出了不少上東大或國立好大學的畢業生，是我這種人難以望其項背的優秀高中。

可是M高竟然還有這種辣妹？嗯，有吧。所謂人不可貌相，說不定這樣打扮的女孩其實非常聰明。

「剛去逛了舊書店？」

「去補習班。」

對啊。咖啡色頭髮的女孩拍了拍紙袋。

「啊，不過補習班下課後順便去逛了舊書店。」

對了對了，我去北海道這段期間，馬路對面開了一間新的升學補習班。那種以考上好高中、好大學為目標的學生會上的氣派補習班。每個月的學費應該也不少吧。

大概是因為這樣，這些女孩才會到我們店裡來。

「不過我跟隔壁書店老闆是親戚啦。」

「喔。是嗎？」

原來松川家還有這樣的親戚。

「很久沒來，今天來買書。」

松川家現在只有松川爺爺一個人住，他們家沒有跟我差不多年紀的孩子，我完全不知道他家有哪些親戚。

沒錯，「松川伽藍堂」沒有人繼承，松川爺爺一走，那間店我看也得關門了。

我沖咖啡時那兩個辣妹一邊聊天一邊把參考書、題庫攤在桌上，還拿出筆記刷刷寫著。我心想，還真是靈巧，這樣就能解題啊。

眼前這一幕感覺非常突兀。當然這完全是我的偏見，不過兩個辣妹正在老派咖啡館的桌上，認真地學習。

「久等了。」

我安靜地走來、安靜地招呼。深怕打斷她們的專注。

「謝謝～」

「謝謝。」

嗯，這兩人果然人設很一致。討喜張揚的辣妹，跟冰山美人型的辣妹。

「欸，好像有醬油香味耶。」

嗯，妳們兩個從進店門之後就一直很自然地用平輩語氣跟我說話耶。是無所謂啦。

「嗯，我正在做稻荷壽司。」

「菜單上有稻荷壽司喔？」

「沒有。這是要供奉後面稻荷神用的，平常都是我們家負責。」

喔～兩人眨著大眼睛。

「稻荷，應該知道吧？不是吃的，我是說神社。」

當然。兩人又同時點頭。

「我還以為只會供奉豆皮的部分，原來會做成稻荷壽司啊。」

「對啊。很多不一樣的形式啦，我們這附近會每天做成稻荷壽司來供奉。」

「祈禱生意興隆對吧。」

That's right。沒有錯。

「人也可以吃嗎？」

「當然。要吃嗎？」

「可以嗎？」

「可以啊，今天要供奉的我已經留起來了。」

既然是松川家的親戚，廣義上來說也算我們商店街的人。再說兩個人都這麼可愛。

我拿出四個裝進小盤端給她們。雖然沒有筷子，但因為壽司很小，用牙籤也就足夠了。對了，小盤上還是狐狸圖案呢。

「請用。」

兩個人的眼睛都亮起來了。可能是肚子餓了吧。學習之後總是容易肚子餓，再加上又年輕。

她們一口放進嘴裡。

「好吃！」

「也太好吃了吧！」

嗯，反應很不錯。

「是嗎？那太好了。」

「對了，大叔。」

「叫大哥。」

我還是個大學剛畢業的年輕人。

「大哥，你們店裡不賣這個嗎？」

「賣稻荷壽司？」

我們是老咖啡館耶？

「這真的很好吃，而且小小的，像這樣邊念書一邊吃也很方便。」

「吃兩個左右也不會覺得太飽，很剛好耶。」

她們說，回家之後還會吃晚餐。

原來如此，聽來確實有道理。從學校去補習班之前如果肚子餓了，吃太飽會想睡，回家路上肚子也會餓，但回家之後還有媽媽做的晚餐。

稻荷可以說恰到好處。

「去補習班之前或者回家路上，如果可以用這個填填肚子一定會很受歡迎！至少我們應該每天都會想吃。」

「應該吧。不過真的很好吃，我第一次吃到這麼好吃的稻荷壽司。」

是嗎？真有那麼好吃？

仔細想想，稻荷壽司我向來想吃就能吃到，好像從沒吃過其他地方賣的。

「如果真的要賣，也可以用一般大小賣給男生。」

嗯嗯。咖啡色頭髮的女孩點點頭。

「還有茶，日本茶。」

「茶嗎？」

聽起來好像變成了和風茶屋。

「其實我們還滿常喝茶的呢？你看，像寶特瓶裝的茶。」

「嗯，對啊。」

確實沒錯。

「所以如果跟茶一起出餐，稻荷壽司就會更好入口。」

「而且還要用馬克杯裝。」

黑髮女孩說。

「我家喝茶的時候通常都用一般的馬克杯，這樣喝起來比較方便。」

「這樣啊。」

來我們店裡的常客多半是老人，遇到這些人再拿普通茶杯出來就行了。馬克杯最好也不要挑普通大小，找偏小一點的應該不錯。

稻荷壽司啊……

我從來沒想過可以有這種選擇。

「不如真的來試試看賣稻荷壽司吧。」

「太好了！」

兩人一起對我伸出了大拇指。

咖啡色頭髮的女孩叫小理，黑髮女孩叫小湖。

那天之後，她們真的很常到店裡來，我只記得她們的名字，除此之外一無所知。

別看她們的外表，這兩個人真的非常認真，畢竟上的是升學高中，又上補習班，說來也是理所當然，來到我們店裡後都很認真在學習，吃了稻荷壽司之後回去。她們總是找有大桌的座位，我們並沒有更多親近的交談，我也不想打擾她們用功。

自從她們過來，店裡也多了很多上同一間補習班的學生。有男有女，有國中生也有高中生。

我想應該是小理和小湖在補習班裡幫忙宣傳吧。那間老咖啡館很安靜，而且稻荷壽司超好吃的！我們經常去喔～

因為來店裡的高中生中，男生比例非常高。

當然女孩也會來，可是男孩的比例高出許多，而且都挑小理和小湖在的時候來。

你們可是應考生啊。心裡雖然這麼想，但哥哥我也非常了解你們的心情。

他們一定是期待有機會來這裡一邊吃稻荷壽司一邊跟兩人拉近距離吧，但畢竟是應考生，大家幾乎不會在店裡開心談笑聊天，都各自在專心學習。

季節從春天到夏天，又進入了秋天，稻荷壽司真的成為店裡的熱門餐點。

小理說：「這個壽司很小，就叫迷你稻荷好了。」我直接採用她的建議，後來大家都叫「迷上你稻荷」，說是有助於成就戀情、適合情侶一起吃什麼的，店裡情侶同行的比例提高了很多。

基本上稻荷神保佑的是生意興隆，應該沒有幫助戀愛的效果，但這結果也不錯啦。

開始賣稻荷壽司後，「花藤喫茶」的業績確實成長了不少。商店街的人也說，真沒想到用來供奉的稻荷壽司竟然會成為菜單之一，但是大家都知道味道很好，很多人會打電話來預約外帶，就像今天也接到了十個大稻荷的訂單。

反正豆皮不夠馬上去「田中豆腐店」買回來就能做了，並不麻煩。

有時候一天還能賣上一百盤，也就是兩百個。

「不過業績其實也沒多少。」

「我想也是。」

滿哥點點頭。

小稻荷神「迷你稻荷」兩個賣一百日圓。大的兩個一百五十日圓。設定金額中有個五，當然是想討個吉利，希望能跟稻荷神有緣分❷。

所以就算賣了一百盤大的，業績最多也就是一萬五千日圓，並不是什麼了不起的數字。

「但是小滿，就算這樣，」

「嗯。」

「生意興隆的意義不只在賺錢。」

說著，滿哥輕輕點著頭。

「什麼意思？」

「做生意當然是愈賺錢愈好，但也不只如此。工作能夠持續，以小滿的情況來說就是能繼續把這間店開下去。光是這樣就代表生意興隆了。」

❷日文中五圓音同「緣分」。

能夠持續。

「做生意得有客人上門光顧才行。」

「沒錯。」

「這些上門的客人必須在其他地方工作賺錢，才能夠到店裡來。如果沒有這些人，彼此的生意都做不下去。你因為開始賣稻荷壽司，多了不少年輕客人吧？」

沒有錯。有一段時期，客人中有八成都是學生。

「那些年輕學生在這裡吃了好吃的稻荷壽司，認真學習，度過一段美好的時間，如果將來他們成為出色的社會人士。那就代表小滿你這間店跟年輕人一起打造了他們的未來。」

未來。

「將來在這裡打造了自己未來的年輕人，回憶起這個味道，可能還會再次想來不是嗎？這就表示你已經確實抓住了未來的客戶。這才是真正的生意興隆。」

「也就是說，如果大家不好好完成自己的工作，老咖啡館裡也不會有客人來。我讓這些考生有了一段美好的時光，同時也培養了未來的客人。」

「就是這個意思。說不定以後那個什麼？社群網站上可能會瞬間流行來店裡吃過稻荷壽司的人，一定能考上想念的學校呢。」

我笑了。

「我覺得應該不會。」

但是誰知道呢？現在這個時代什麼都有可能。

「你從小跑遍商店街，一直是大家的偶像，不是嗎？」

「說偶像就太誇張了。」

「這些都是將來生意興隆的基礎。現在大家到店裡來，都是為了要看你不是嗎？」

可能是吧？不，一定是的。

「得好好感謝她們才行。」

「感謝誰？」

「那兩個建議我賣稻荷壽司的辣妹，小理跟小湖。」

喔喔。滿哥點點頭。

「我沒見過她們，她們已經畢業了嗎？上大學了？」

「我完全不知道。」

她們兩個在臨近考試之前就沒再來過。

「畢竟考生也得照顧好身體。可能怕染上感冒，上完補習班就直接回家了吧。」

隔壁松川爺爺之前住院，現在舊書店也關門了。到頭來，我還是沒有機會問他們是什麼樣的親戚。

「可能吧？或許不久之後，兩個人會一起到店裡來，說自己考上東大了之類的。」

「說不定喔。」

如果那兩人真的上了東大，一定很有趣。假如能看到她們上大學或者出社會之後的樣子，真的很令人開心。

這確實也是生意興隆的另外一種樣貌。

「搞不好那兩人是後巷大人的狐狸。」

「狐狸？」

對。

「你看，那間稻荷裡供奉的是像狛犬一樣的小狐狸。大家都用紅色黃色各種顏色的彩布幫忙裝飾，不是很花俏嗎？就像辣妹一樣。」

滿哥笑了。

「的確。」

☆

「啊，是小八。」

哇，還真的是辣妹。不過狐狸本來就愛花俏，也算是本性流露吧。

「不要叫我小八啦。妳們還真的穿成這樣？」

「很適合吧，叫我辣妹。」

「適合是適合啦，但是妳們也犯不著兩個人都做這種打扮吧？可以讓其中一個人扮演認真的模範生之類的，這樣一定比較萌。」

「小八你還挺懂的嘛。」

「那當然，我們八咫烏最重視的就是資訊。不精通世俗怎麼能勝任神明的使者。」

「這倒也沒錯。」

「小八你這才叫講究吧。你在那邊那間電器行嗎？」

「對，這次叫十川滿。不要叫我小八啦。對了……」

「怎麼了？」

「你們在那間老咖啡館用什麼名字？小湖跟小理？這什麼意思？」

哎呀。兩人一起笑了。

「很簡單啊，小湖是狐狸的『狐』，小理是狐狸的『狸』。」

蠢極了。

「講究一點好嗎？」

「有什麼關係，反正又不會被發現。」

也是啦。

「妳們算結束了嗎？這次的工作？」

兩人齊齊點頭。

「那間店已經沒問題了。對了，舊書店爺爺還能再活一陣子，他有個孫子會接手，說要弄一間時尚的舊書店。」

「是嗎？」

「接下來我們要去九州福岡的稻荷神社。」

福岡啊，好久沒去了。

「去福岡做什麼？」

「我們做的事都一樣啦，跑呀跑呀跑遍日本各地，隨時隨地祈求大家生意興隆。」

「小八你真好，總是可以自由自在飛到任何地方，做自己喜歡的事。」

不過我都在替人跑腿，或者替你們做好事前準備。因為靠我自己並不能成就任何事。

「你接下來要去哪裡嗎？」

我呢？

「我要到天狗大人身邊去一下。」

展開黑色翅膀，縱身一躍。

天狗大人身邊

我知道有些關於我的謠言。
謠言通常不是好事。
比方說「那個人之前待過幫派」，或者「聽說他因為愛玩女人才被下放到這邊來」，還是「他好像玩股票玩到破產」，這個世界上還有很多我根本懶得說、懶得想的「謠言」每天都在漫天飛。
尤其最近社群網站上一大堆毫無根據的假消息，甚至有人因此被逼上人生絕境。
以前有一句諺語說「謠言不過七十五天」，但現在所有的謠言都會留在網路上。非但不會消失，就在大家快忘記的時候還會加速擴散出去。
總之，「謠言」很可怕。
應該是這樣沒錯。
但是關於我的「謠言」，好像並不是不好的。
不、非但不是不好的，甚至是好的。
不知道。

如果是好的謠言——我也不知道什麼才叫做好的謠言，比方說「那個人其實把賺的錢都捐去做慈善了」，這算好謠言吧？應該是好的謠言吧。

這種話就算傳入自己耳裡，聽了之後覺得「什麼？我沒有啊？」放著不管也不會怎麼樣。如果刻意到處去反駁說沒有沒有、我沒做這些事，反而奇怪。要是不反駁會對自己有影響那倒是另當別論。

可是關於我這個消防員的謠言，竟然是：「那傢伙一出動火就會自己熄滅。」

對，火會自動熄滅。

這算好的謠言嗎？

火既然熄滅了，確實是件好事。

對消防員來說，滅火就是我們的工作。

每個人都有自己負責的崗位，但基本上目標就是滅火，確實平息火舌。

如果有我出現的火災現場火一定會熄滅，這也算是好事。有時候會遇到來到現場卻已經來不及滅火，建築物全部燒毀的例子。當然，這種時候我們還得奮力防止延燒，在滅火的同時也進行防火。

火會熄滅是件好事。

不過熄滅基本上是好事，問題在於為什麼會自己熄滅呢？

而且只要我一出動，幾乎一定會熄火，為什麼？

我們分署採輪班制，我不去現場的時候就不會有這種情況，大家會正常——雖然我不太想這麼說——執行滅火行動。有時候可以在燒到一半時遏止，也有時候會完全燒毀。總之都是正常狀況。把這種狀況稱為「正常」確實有點語病，火災當然並不正常，但總之我不在的時候火勢並不會自己熄滅。

火勢自動熄滅的狀況，通常是在我們接獲出動命令，一聲令下「出發！」，來到現場時火幾乎已經熄滅。這可不是指那種只是小火、身在現場的屋主自己設法滅了火的情況。明明火勢大到稱不上小火，在場的人都束手無策的火災，卻自然消失了。

火勢就這樣平息。

滅火原因不明。

原因不明並不是指現場已經沒東西可燒——我知道這說法也不太好——所以火自然消失。明明還有很多易燃物，但火勢卻自動減弱。

火災調查之後，只能做出這樣的結論。

自然消失。再怎麼想都不會自然滅火的狀況，真的滅火了。

到現場的當然不只我一個，跟我一起出任務的人也曾經被說過一樣的話。

可是，當我輪班調到其他班時，也會發生一樣的狀況，用消去法來想，便得出我一出動火就會熄滅這個結果。

不僅如此，消防員是地方公務員，基本上不會轉調到管轄以外的地區，可是我每兩年就會被輪調到其他地方。同樣管區內也就罷了，有時還會被派到東京都以外的地方。算是非常特殊的例子，但也並不是完全沒有這種例子啦。

轉調的時候也一樣，我一出動火就會自己熄滅。

這種情況已經持續了五年。也就是說，我大概五年沒有執行滅火行動了。

不，這確實是好事。消防員不需要執行滅火行動，火會自己消失，絕對是好事。警察和消防閒下來，就代表和平。

可是、但是……我總是忍不住好奇。

相隔四年，我又回到最早任職的分署，也就是自己主場的這個街區。為什麼只有我轉調這麼頻繁？同事應該也跟我有一樣的疑問，我猜應該都是因為「謠言」吧。我們畢竟是公務員，對於調職轉任無法有異議。除非有特殊家庭情況，不然只能服從派令。

就在我回來大概三個月後的一個星期一，加賀美隊長說有事找我過去。我一個人被叫進會議室，當上消防員後這還是頭一遭，發生什麼事了嗎？

「坐吧。」

「是。」

加賀美隊長是我新人時期的直屬上司。他桌上放著厚厚一份檔案，他翻開檔案，緊皺著眉。

「有什麼事嗎？」

我心想，是不是又要調職了，但如果真是這樣，應該不會用這種方式通知。

「實在很難以啟齒，有件很不可思議的事。」

「不可思議？」

這幾個字不太適合消防業務，消防行動中不能存在不可思議。

「你知道有些關於你的謠言吧？」

「知道。」

沒有人會當著我的面說。會提起這件事的，只有跟我同期的近藤。

「你回到這裡之後，已經出動十五次。」

「對。」

「而這十五次都在你抵達現場之前，火就自動熄滅了。」

我點點頭。

沒有錯。

而我不在的時候，這種情況一次也沒發生過。這又再次坐實了謠言。

其實我根本就不希望這樣。

不、不能這麼說。火滅了是好事，絕對是好事。

「而你過去待的分署，也都發生了同樣的狀況，老實說，西川，」

「是。」

「現在別說東京都內，幾乎全日本的消防本部都提出非官方的請求，希望你能夠過去。」

「是嗎！」

果然如此。我早就覺得我這麼頻繁調職異動並不尋常。

「所以以前轉調也是？」

加賀美隊長撇著嘴。

「那些是上面的判斷，跟我無關。但是目前關於你的『謠言』已經不只是謠言。至少已經來到不得不承認確實是事實的狀況了。」

「是嗎？」

我只能點頭。

「還有人說，你會不會背地裡跟這些事情有關係，也就是故意縱火之後再滅火。」

「我沒有這麼做。」

「我知道。」

加賀美隊長用力點點頭。

「你不會這麼做，做了也沒意義。到底為什麼要這麼做？又不會成為自己的功勞。」

「而且這根本不可能啊。」

「確實不可能。除非你有X戰警或者復仇者聯盟之類的超能力。」

「要是有，我早就大展身手了。」

現在應該還沒有外星人進攻地球的問題，我可以負責消除世界上所有火災。也順便消除一下犯罪。

「所以呢……」

加賀美隊長攤開檔案，偏著頭。

「所謂不可思議的事，是提到你跟這些謠言可能有關。」

「有關？」

「這是現場的照片。」

他從檔案夾裡取出許多張照片，擺放在桌上。

「你也知道，我們在現場會拍下照片。除了火災現場以外，也包括周邊地區。」

「沒錯。」

也就是說，我們也會拍下圍觀群眾的照片。

這些都不會公開，多半是基於非官方立場拍下的照片。目的除了在於記錄案發現場，也是為了能清楚拍到現場圍觀群眾的長相。

根據數據顯示，如果火災起因於縱火，縱火犯很可能會重回現場，或者是來看著火災發生。

假如不是縱火，圍觀群眾只是單純的周邊居民，那麼這些照片或者資料在保存一定期間之後就會被處理掉。如果縱火的可能性很高，這些照片將會成為搜查資料的一部分，經過仔細研究。

「但我目前還沒有遇過縱火的現場。」

至少到現在為止一次也沒有過。

「沒有錯，全都是失火，這一點沒有任何疑問。不過我們從照片中發現，某個人物曾經數度出現，在你出動的現場中。」

「某個人物？」

「就是他。」

加賀美隊長手指指向一個身穿橘色工作服般夾克的人。是個男人。

「貓？」

反光板上「找貓中」這幾個字發亮。

說到這個，那隻貓不知道怎麼了？在公寓附近經常看到的那隻貓，也不知道是流浪貓還是半養半放。假如是流浪貓，那隻雪白的貓毛流還真漂亮。

「這是？」

「有三張。也就是說在三個案發現場都拍到了他。」

「三張。」

這機率應該算滿高的。

「而且不只你在這裡的時候，你在N縣分署時的現場也曾經出現過一張拍到他的照片。」

「還跨縣？」

「就是這張，這是四個月之前拍的。發現這張照片之後，大家開始懷疑這或許不是巧合。」

確實。

「假如只有兩張、兩次的話還可以用巧合來解釋。」

「沒有錯，前兩張是你在管區的時候。如果這樣或許是單純的巧合。或者這個人有什麼特殊的癖好？畢竟確實也有這種人。」

真的有那種喜歡看火災現場，或者對消防車之類特別感興趣的人。我對個人的興趣沒有太多意見，有人喜歡消防車也很能理解，所以多半不怎麼管這些人，但喜歡火災這個興趣實在是太惡劣了。可是也沒有法律能夠取締這種行為。這不是能靠取締解決的事。

「出現第三張，而且又是來自其他縣，這就……」

「這就不能用特殊癖好來解釋了。我也這麼認為。怎麼樣，有印象嗎？」

我從剛剛開始便盯著照片盯了很久。

「一點印象也沒有。」

照片拍得很清楚，所以我可以這麼斷定。對方留著一頭稍長的直髮，年紀大概二十後半到三十多，至少還沒有四十歲。臉型細瘦，戴著黑框眼鏡。如果穿上西裝，看起來就像某間大學的講師，感覺很知性。

「他的職業應該是專門幫人找貓的萬事屋之類的吧？」

再怎麼想，也只有這個可能。

「這樣的話確實可以解釋他人為什麼會在現場。」

「找貓的途中剛好遇見了火災現場，是嗎？」

「不是不可能，也有可能是受人之託。」

比方說，自己的貓在火場附近，希望他去幫忙之類的。

「確實，並不是不可能。」

「你真的沒印象了嗎？會不會是多年沒見的親戚，還是小學或國中的同學？看他的年齡應該跟你差不多。」

我再次凝視著照片，甚至想像起對方小時候可能的長相。

「也有可能是我完全記不住長相的同學，但總之我現在一點印象都沒有，對我來說就是個陌生人。」

「是嗎？」

加賀美隊長輕聲吐了口氣。

「我們並不是警察。」

「是。」

「就算是警察，這位很可能專門找貓的偵探也並沒有犯下任何罪。」

確實沒有錯，他只是人在現場，一點錯也沒有。

「所以說，雖然現在有重重疑點，我們也無從調查起，再說火災本身沒有任何可疑之處，完全出於過失，就是單純的失火。這就是目前的結論。」

「要是我們隨意調查，讓事情變得太複雜，說不定反而會被告？」
「沒有錯。」
這些照片畢竟是非官方的現場照片。
「但說不定這個人的存在可以說明關於你的『謠言』，或者跟『謠言』有所關聯，這種可能性並不是零。」
我也這麼認為。
以巧合來說，三次實在太頻繁了。
「你沒有養貓吧？」
「沒有。」
「身邊有誰家的貓走失嗎？」
目前沒有。
「怎麼樣，要不要請個特休？然後去會會這個人，跟對方請教一下如何搜尋在火災現場走失的貓，作為參考。當然啦，這不是業務，完全看你個人的意思。」

這是當然。
「我去。」
也只能去了。
「好，我允許你去。」
「我可以帶這些照片去嗎？」
「那當然。其實我也滿感興趣，先在網上查了查，我猜應該是這個人。」
他從桌上滑過來一張影印紙。
上面印出網站的首頁。
果然是什麼案子都接的萬事屋，而且好像特別擅長尋找失蹤的貓。
專門找貓的萬事屋，不、應該說是偵探。現在養貓成為一種風潮，提供這類服務的人應該也不少吧？
（貓嗎？）
其實我很喜歡貓。
老家也養了貓。從以前開始我就很容易被貓喜歡上。來到有很多流浪貓聚集的公園，不用招呼貓就會一直聚到我身邊，喜歡貓的人都很羨慕我。

如果結了婚，或者是有了自己的家，我也覺得養隻貓還不錯。

這位找貓的偵探是不是也喜歡貓呢？

☆

我覺得今天應該沒問題。

我很有把握。

因為我的直覺通常都還滿準的。

別說是直覺了，在距離他這麼近的地方接到了找貓的委託，怎麼可能不順利。

雖然不是火災現場，但這樣也好，之前一直是火災現場，反而不太順利，畢竟周圍聚集了太多圍觀群眾。

要在那種現場抓到才叫不可能。

太吵的地方是抓不到的，得在安靜的地方才行。

這樣看來，今天晚上這附近是安靜的住宅區。

今天晚上要找的是賓士貓，名叫瑪莉安，是隻母貓，貓齡三歲。昨天早上因為被巨大聲響嚇到，從飼主不小心打開的窗戶跳了出去。

飼主在附近找的時候曾經看過牠一次，所以確實還在這附近。

家貓本來就不會自己跑太遠。有時候可能會因為被其他貓追趕不知不覺跑遠了，但這種時候根據經驗，多半都會不斷往左轉，漸漸接近自己原本的位置，當然這只是出於經驗，並不是能套用在所有場合的有效數據。

誘捕器已經裝在飼主家的玄關旁，和平常從陽台可以看得見的庭院裡。

另外在牠被目擊出現的這一帶，我也想放在一些適合躲藏的地方，所以今天晚上才會這樣來回奔走。

（有哪些地方呢？）

車棚裡的車子底下。

黑暗中好像有影子在動。我只是有這種感覺，並沒有真的看見。不過這種時候我的直覺通常很準。

這時候不能拿手電筒去照。就算牠就站在我面前也一樣。不能急，首先要慢慢經過牠身邊，然後慢慢躺在地上。

貓會開始注意我這邊，好奇我在做什麼。千萬不能夠放過這個瞬間。

（找到了）

是貓。按下相機的快門。當然，既沒有閃光燈，也沒有快門聲。我向來都這樣設定相機。

看起來應該是一隻咖啡色的虎斑。

光線昏暗，看不太清毛色，確實也有點像灰色，不過應該是咖啡虎斑。這靠的是我長年的經驗。

外行人在夜裡找貓，通常會看錯毛色。貓的毛色在夜晚受到光線的照射，除了黑白乳牛花紋以外，都不太容易分辨清楚。也不知道為什麼，狗比貓要好分辨多了。我也不知道這當中是什麼道理，但總之就是這樣。

既然是咖啡虎斑，那就不是這次要找的貓。可能是住在附近的流浪貓或者半養半放的貓吧。我決定再藏身等一等。

（快動啊）

等了一陣子，終於有動靜。我直盯著不放深怕錯過。用上了望遠鏡，也調了相機的焦段。

從走路方式還有毛流來看，應該是半養半放的貓吧。這附近應該沒有太多真正的流浪貓，看牠體型和毛流的狀況都很好。

我在iPad的地圖上標上記號。

「在這附近發現了咖啡虎斑。」

這些貓目擊地圖可以有效幫我找貓。

不管是半養半放的貓或者流浪貓，都有自己的地盤。

剛好有人騎自行車經過，我慢慢移動，避免影響對方，擦身而過時靜靜向對方低頭致意。

自行車燈應該照亮了我夾克上的反光板，夾克挑了橘色的，這樣看起來很像急救隊員。

背後有「找貓中」的文字跟肉球圖案。

臂章上寫著「正在找貓」，腳上也貼著肉球型的反光板。

經過的自行車停了下來。

「請問……」

「啊？」

是個二十多歲或者三十出頭的男人。

「您是找貓的偵探嗎？」

「是啊。」

正確來說我的職業是「萬事屋」，只要不是違法的事，什麼案子都接。不過最近好像成了小有名氣的找貓專業偵探，這類案子的報酬也比較好。

「請問一下費用大概多少？之前我朋友的貓也走失過一次。」

問費用是嗎？

其實這一行幾乎沒有所謂的公定價，也要考慮到其他同行公司。如果收得太便宜，將來有一天可能會自嚐苦果。

「要看狀況，通常二十四小時的搜尋大概是一萬五千日圓起。也就是日薪一萬五千日圓。」

在哪個地區找、需不需要交通費，或者是使用的備品等，也會多少影響到費用。

「我剛剛的說法並不是刻意誇張，確實是二十四小時一萬五千日圓。如果連續找三天、每天找八小時，那也是一萬五千日圓。」

並不是確定找到之後才付錢。無論有沒有找到，都會收這個最低費用。

「假如還需要其他服務，例如製作傳單張貼，那是另外的費用，但假如客戶製作好傳單，只需要幫忙貼，就包含在搜索費裡面。」

大概就像這樣，費用分項很細。

「我知道了。」

「給您一張名片吧。」

「啊，謝謝。」

看了名片之後他表情有點變。

「東京嗎？」
「對，我辦公室在東京。」
自家兼辦公室。
「也會去其他縣嗎？」
「如果有案子就去，但是會另外收交通費，假如有需要住宿也會收住宿費。」
聽起來出差成本挺高的。
「如果到外地需要住宿，那敝公司還有露營車。」
「露營車？」
是我自己的。
「客戶可以幫忙準備能免費停放的地方，或者幫忙付停車費，這麼一來就可以不用花太高費用到任何地方出差。」
「原來如此。」
差不多了吧。

問問看吧？

「不好意思，請問您住在這附近嗎？」

「對，我就住在附近不遠的公寓。」

我拿出iPad。

「其實我現在正在找從附近房子逃出來的貓，是隻賓士貓。」

「賓士貓。」

「您知道是哪種貓嗎？」

「知道知道。」

這個人是好人。這我馬上就感覺到了。所以那傢伙才會一直跟著他。

「您家靠哪裡呢？我正在收集賓士貓的目擊資訊，想找可以放誘捕器的地點。」

「誘捕器？」

「就是專門誘捕貓用的籠子。您家的公寓如何？附近會看見貓嗎？如果有的話就表示對貓來說是容易經過的地方，要是能讓我放誘捕器就太好了，比方說這裡。」

我讓他看了iPad畫面。

「這附近經常有人看到貓。」

「啊。」

男性伸出手指。那裡跟iPad地圖上頻繁目擊到貓的地點有一小段距離。

我刻意這樣標示。

「雖然跟地圖不太一致，我家公寓就在這裡。」

「是嗎！您該不會住在一樓吧？」

「是一樓啊。」

已經是晚上，我克制自己不要太興奮，安靜地、慢慢地，露出覺得自己非常幸運的表情。

「其實我現在在找的賓士貓並不是習慣外出的貓。所以很有可能出現在平時我們不會經常目擊到貓的地方。」

「這樣嗎？」

「因為貓都有自己的地盤。有些地方可以避開其他貓的地盤，又容易走動。例如你指的這裡。我知道這樣拜託很唐突，今天晚上到明天白天就好，能不能讓我在您家裡窗戶或陽台附近放誘捕器呢？只要讓我放就行了，您完全不需要做其他事。」

「放誘捕器嗎？」

「租屋周圍基本上屬於租客的權利範圍，只要放的不是危險物品，房東不會囉唆，法律上也不會有問題的。」

男人稍微想了想。

「好啊，如果幫得上忙的話。」

「謝謝您！那我馬上去拿誘捕器，請您在家等我吧！」

安裝好之後，他問我要不要觀察一陣子，讓我進了屋。我知道他的目的，但這個人基本上真的是個很善良的人。

消防員西川先生。

我如果說受到那隻貓不少照顧，聽起來很怪。如果歸咎那隻貓害我遇到奇怪的事，貓又太可憐了。

「房間的燈是不是關掉比較好？」

西川先生說。

「啊，是啊，如果要拉開窗簾的話。」

其實不這麼做也無所謂，不過恭敬不如從命。關掉房間的燈，只留一盞小地燈，屏息凝神。他還幫我泡了杯咖啡。

「您做這一行很久了嗎？」

西川先生問。

「對啊，已經十年左右了。」

「一直專門找貓？」

「也不一定，但是找貓的案子確實很多。」

我們小聲地交談。

西川先生看來也很猶豫，不知該不該切入話題。你去過火災現場吧？他一定覺得不好這麼直接問出口吧，畢竟這也不算犯罪。

「啊。」

來了。

我將食指抵在嘴唇上。

（來了）

（啊？）

貓的腳步聲。平常聽不見，但是我聽得見。沒錯，是白貓。不是那隻賓士貓，賓士貓再稍等一下。之後我會好好去找你的。

誘捕器的聲音傳來。

「好！」

誘捕器裡有隻白貓。

「好大的貓啊。」

「就是啊，西川先生。」

「是。」

「打擾您了。以後有您出動的現場，火再也不會自動熄滅了。」

聽來好像不是什麼好事，讓我有點遺憾，其實繼續現在這樣好像也沒什麼不好，當然沒有火災最好，我也只能暗自這樣祈禱。

西川先生瞇起眼睛。

「你該不會已經知道了？」

「我知道你可能會來。請看看這隻貓。」

誘捕器裡是一隻表情老實的大白貓，長得很標緻。

「看，牠的尾巴分成兩股了對吧？」

「啊？真的耶！」

他很驚訝，嗯，確實值得驚訝。

「這是什麼？這隻是貓又❸或者妖怪之類的東西嗎？」

---

❸日本傳說中的妖怪，分為兩種生活於山中者和由極老的家貓所變化而成者。

他沒覺得這是畸形、馬上想到貓又這一點真不錯。這類名稱沒有正確答案，本來就很模糊。

「如果是妖怪就太可憐了。總之，你可以把牠當成神的夥伴。」

「神？」

「西川先生聽過天狗的羽扇嗎？」

西川先生喃喃唸了幾次「羽扇」，又想了一會兒。既然能馬上說出貓又，他腦中一定已經出現羽扇的樣子了吧。

「你是說那個嗎？天狗手上形狀像葉子的大扇子？」

「沒錯沒錯，就是那個。其實那個東西上有很強大的神力，幾乎無所不能。」

「好像只要這樣『咻！』的一揮，就可以吹跑任何東西。」

我忍不住笑了。

「有時候好像也會這樣吧。總之就是風的力量。另外還可以行使火的力量、水的力量，幾乎任何力量都可以，是很方便的扇子。這隻貓以前屬於天狗大人的眷族，但是牠忘了這件事，將羽扇的力量灌注在尾巴，過著現在這樣半養半放的生活。」

眷族。他又重複唸了好幾次。像這樣再三確認應該是出於消防員工作的職業病吧，任何事都要再三確認之後再採取行動。

「所以就像是天狗的弟子一樣？」

「可以這麼說。」

「那……」

西川先生瞪大了眼睛。

「該不會我一出動火就自動被撲滅，是因為……」

西川先生反應果然夠快，身為消防員一定也很能幹。

「就是這傢伙搞的鬼，說搞鬼好像不太好聽，其實都是這隻白貓做的。因為牠很喜歡西川先生，覺得您對牠有恩情。」

「恩情？」

對，恩情。

「小時候，應該是您還沒上幼兒園的時期吧，跟母親在公園玩的時候，發現了一隻受傷的白色小貓，當時您還不會說話，卻拚命想告訴母親。那裡有貓！救救牠！」

「有這回事？」

他說自己一點都不記得了。

那也難怪，畢竟真的是很小的時候。

「不妨問問令堂，我猜她應該還記得。之後令堂將白貓送到動物醫院，到傷完全治好花了一個星期左右。當時這隻白貓一直待在你家。」

後來白貓悄悄離開，你也忘了牠。畢竟當時才三歲。

「所以長大之後希望能幫上西川先生的忙，每次都先趕去火災現場幫忙滅火。」

竟然……西川先生盯著白貓看。

「為什麼要這麼做呢？」

「這些傢伙就是這樣。他們很喜歡把時間花在自己喜歡的人身上，就只是如此而已。滅了火之後你工作應該會很輕鬆吧？所以這傢伙到處東奔西跑。誰叫這隻天狗大人的眷族是一隻超能力貓呢。」

西川先生一直盯著白貓看。

「請別生牠的氣。這傢伙真的很喜歡西川先生。但做得太過頭，會引起許多不必要的謠言，驚擾社會。」

我會帶牠回去。不會讓謠言跟騷動再繼續擴大下去。

我會帶牠回天狗大人身邊。

我本來是天狗大人的僕人，叫烏天狗。但那是我遠古的祖先，我只是一個普通人。

儘管如此，我身上還是流著祖先的血。跟一般人有一點不一樣，可以跟很多不同東西交談。

所以偶爾會像這樣接到委託。

像是天狗大人，或者是其他的神。

誰叫我是萬事屋呢，什麼案子我都接。

很抱歉，我離開之後，西川先生會忘記今晚的一切，什麼都不會記得。

那不是因為我，是天狗大人的傑作。

總之就是這樣，對不住了。

假如將來還有機會相逢，希望能幫上您的忙。

愛上死神

我夏川麻美，曾經死過一次。
在我高三那年的夏天。
這不是比喻或開玩笑還是說謊，是真的。順帶一提，因為我叫夏川所以故事發生在夏天，這也不是在開玩笑。
我真的死過一次。
通常人類死過一次就沒有以後了，不可能像我這樣還能有第二次人生、像現在這樣活著，我是先死了一次之後，又重新活過來。
奇蹟式的。
現在想想還是覺得那是奇蹟式的復活，但我死的時候也是近乎奇蹟的死法。
死法好像沒有所謂奇蹟不奇蹟，但真的是這樣。
高三那年暑假的第一天。
我頭腦雖然沒有特別好，但好歹是個應考生，打算隨便考個附近的大學，那天的計畫是去上補習班。已經開始放暑假，但我早上還是跟平時一樣七點多起床，跟媽媽兩個人一起吃了她做的早餐，然後收拾東西高喊了一聲「那我出門嘍～」。

我家是很平凡的一般家庭。

爸爸是警察。

不是警官，是在警察署裡負責行政事務，好像叫做事務官或者警察行政職員。每次被問到這個問題我都覺得很麻煩，後來都回答是單純的行政工作。

基本上他就是個普通公務員。畢竟是警察，還是有跟一般企業的行政職不一樣的地方，例如蒐集犯罪資訊、進行統計等等。

爸爸說：「比照一般企業，大概類似總務工作吧。」總務這兩個字我聽過，但我也不太清楚到底包含了哪些工作內容，警察也需要用筆電製作資料或列印，負責購買影印紙、跟印表機公司交易等等，就是總務部門的工作之一。

原來如此。這份職務就是為了確保大家能順利工作，在背後處理許多行政作業。警察署裡如果沒有這種人，確實令人困擾。這麼說來學校裡好像也有類似的行政職員。

爸爸的長相跟態度都不怎麼引人注意，但衣服和品味倒是挺不錯的。聽說他年輕時還在選品店打過工。雖然平凡又普通，但卻很溫柔。

媽媽是家庭主婦。

她之前上過洋裁專門學校，偶爾會受人之託做些裁縫工作或者類似的打工，但基本上都待在家裡。不過除了洋裁她還會和服，有時也會教附近的人怎麼穿正式和服。這不是工作算是興趣，頂多收一點對方的謝禮。

雖然有點囉唆，可是總是很尊重我的意見和想法，我覺得算是很好的母親。衣服的品味也跟我很合。

這樣想來，父母親兩個人在服裝上的品味都很不錯，小時候只穿父母親準備的衣服時，也經常被人稱讚衣品好。

這樣的父母親身邊，只有我一個孩子。

我們夏川家沒有人出意外、搞外遇，沒有變窮或者罹患重病，我也沒有走上歪路，我們真的是一個每天過著平凡日子，平實至極的一般家庭。

我就是這麼一個普通的高中女生。

但是……

我竟然遭受槍擊。

槍。

手槍。

Gun。

你以為這裡是美國嗎！我幾乎想這樣吐槽。

當然那是等我復活、知道來龍去脈之後啦。

在日本究竟有多少人會死於手槍槍擊？我還真的很想請爸爸統計一下這個數據。

沒錯，我相信數字一定很少。將來這一定可以成為我一輩子掛在嘴上的無敵段子。

我只是很正常地搭上了公車對吧？

正要前往補習班對吧？

公車也行駛得很正常對吧？

我坐在窗邊，出神地看著外面，當時腦子裡想的一定是午餐該去便利商店買什麼好。明明才剛吃過早餐。

就在這時候，突然聽到「砰！」「哐啷！」一聲，然後肩膀附近立刻感到一股疼痛。

那種疼痛跟平時不太一樣。

那應該就是所謂的「鈍痛」吧。

別看我這個樣子，我也是個愛閱讀的女孩，認識的詞彙還不少。

通常覺得痛的時候人會出聲喊「好痛！」吧。覺得刺痛或者被人捏了，頭或背後被打了，通常會出聲喊「好痛！」吧。

但是這種痛是發不出聲音的。

真的是很沉鈍的痛感。就好像只有短短一瞬間被狠狠推了一把，瞬間被一個堅硬的東西壓住般的痛。

以前的刑事連續劇中，刑警被槍打中後會捂著自己肚子，然後攤開手說：「這是什麼！」我在YouTube上看過搞笑藝人模仿的段子，其實那描述還滿真實的。

我也是按著自己肩膀、還是鎖骨？總之就是胸部上面那附近，心想：到底怎麼了？然後感覺自己按住的手裡濕濕黏黏的，攤開一看，上面沾滿了鮮血。

我差點就要脫口而出：「這是什麼！」

我嚇了一跳，但是並沒有感到特別劇烈的疼痛，我完全不知道為什麼會變成這樣，環顧四周，還沒有任何人注意到。

我復活之後才知道，當時有個幫派的蠢蛋想殺掉另一個蠢蛋，從大樓二樓的某間辦公室開了槍。

他開了槍。

為什麼一大清早幹這種事呢？

其中一發子彈飛出窗外，剛好打中坐在經過公車上的我。

這才是真正的奇蹟吧？

不可能有這種事吧？

要是有，也是在漫畫裡吧？

還真的有。

我很想大聲告訴大家，我就是名符其實活生生的證人。

我看著沾在自己手上的血，就這樣漸漸失去意識，眼前一片黑。不過因為當時我坐著，感覺就像是睡著了一樣。

我可能就這樣死了。

對，我死過一次。

發現我的人，先是看到我座位旁邊的窗玻璃有個圓孔，本以為是石頭還是什麼砸破了玻璃。

咦？那石頭去了哪裡？一看之下，發現我好像睡著了。

看起來好像沒什麼事，不過窗戶破了很危險，得告訴司機一聲才行，想到這裡，對方才發現我衣服上有血。

終於有人發現我在流血，公車停下，叫了救護車，剛好跟我搭同一輛公車的護理師很努力在替我止血。

急救隊員到的時候，我的心臟已經停止。但他們還是奮力將我送到醫院，企圖把我救活。

儘管醫院裡的醫生和護理師都盡了最大努力，我還是沒能活過來，宣告死亡。

確實確認了死亡。

在爸媽接到聯絡趕到醫院之前。

這些事都是我後來聽爸爸說的。

這方面爸爸不愧是在警署工作的事務官，等到現場調查都結束後，他向負責的警官確認了一切，也包含所有目擊者的證詞。

我死了。

醫生也確認了。

但是在這之後，剛好在媽到達醫院，被通知我的死訊時，我身邊的護理師發現了。

我的臉頰突然有了血色，胸口也開始跳動。

那位護理師姓伊澤，她真的碰巧跟我搭上同一輛公車、替我止血，而且就在這間醫院工作，我住院期間也都是她負責照顧我。這些經過也是她告訴我的。

她說自己當了二十年護理師，確認死亡後什麼也沒做卻突然復活的患者，我還是第一個。

我當然很吃驚，但是聽說大家更是驚訝。

怎麼可能不驚訝呢？

如果當時我在現場一定也會驚訝的。等等，我確實在現場啊。

為什麼會復活、起死回生？醫生也完全摸不著頭緒。

只能說是神的奇蹟吧。

直接死因——雖然說復活了——是大量出血。

從我肩口進入身體的子彈擊破了內臟和血管，導致大量出血。因為我沒什麼動靜，再加上沒人發現我，兩個惡劣條件重疊，所以我死了，但是在那之後為什麼會復活在醫學上完全無法說明，找不到理由能解釋。

如果可以，院方很希望解剖找出理由，不過就算解剖可能也查不出原因吧。再說我也復活了，可不想被解剖啊。

真的完全想不出任何可能。

到底為什麼會復活？

我在發現自己出血的下一個瞬間就失去意識，或者就這樣死了。記憶在此中斷，下一個有意識的瞬間人已經躺在醫院病床上了。

不過，我腦中只留下一個記憶。

有一個男人。

那種叫三件式西裝嗎？一個身穿淡藍色三件式西裝的男人。

也不知道是在哪裡。是在公車？還是在救護車裡？還是在醫院裡呢？又或者是全部？

總覺得他一直都在。

一個超帥的男人。

這帥哥長得很像一位電影明星，名字我叫不出來，後來查了才知道，應該叫休．傑克曼。

我覺得他應該是日本人，但也說不定是混血兒。

那個人一直待在我身邊。

他一直在說著話，一臉擔心。表情看起來很悲傷。

也不知道是在對著我說話或者在自言自語，總之他不斷地說著話。

他輕輕撫摸著我的臉頰附近。好像還流著眼淚。看起來真的真的很悲傷、很難過。

我在快要消失意識的過程中，想著那個男人。不要露出那麼悲傷的表情，如果有悲傷的事，我願意聽你說說，我願意讓你重拾笑容。

我心裡大概想著這些。假如身體能動，我應該會緊抱著那個男人。

我完全不知道那個人是誰。

爸爸事後去問了很多人、仔細調查了一番，但是好像沒有聽說有這個穿淡藍色西裝的男人出現過。至少在目擊者中沒有這個人。公車裡沒有，當然救護車和醫院裡也沒人見過他。

可是我總覺得，可能就是這個人帶來了奇蹟。

我猜應該是他救了我。

雖然覺得不太可能，可是那些記憶真真切切地存在，我現在也能清楚記得對方的長相。

一個帶著悲傷凝視著我的帥哥。

明明確實存在，但卻沒有留在任何人的記憶中。

穿著西裝，露出難受表情的男人。

我覺得，我應該愛上了那個男人。

「愛？」

「我覺得那是愛。」

目前為止我還沒跟男人正式交往過。雖然有過喜歡的男孩，也跟人約會過，但是還沒有正式成為男女朋友的對象。

「我可能第一次這麼認真。」

「應該不是真的有那個人吧？」

「有！妳相不相信我？」

來醫院探病的小滿坐在病床邊的折疊椅，噘起唇看著我。

「既然妳這麼說，那應該是有吧。」

「真的有，一定有！」

「可是啊？」

她眨了眨眼。小滿的眼睛真的又圓又可愛，就像柴犬一樣。

「當時妳已經快死了吧？人家不是常說，人死之前會看到幻覺？」

「妳是說走馬燈嗎？」

「對對對，走馬燈。那是什麼啊，不是幻覺嗎？」

「走馬燈是指過去的人生一瞬間在腦中閃過的影像。可是我十七年的人生裡從沒見過這個男人啊。」
「這樣啊。」
對，我從來沒見過。
「休．傑克曼？」
「超像的，感覺就像是休．傑克曼的日本版本。」
「個子也很高？」
這我就不太清楚了。
「我覺得看起來感覺體格不錯。三件式西裝穿的人如果體格不好，會很難撐起來吧？但是他很帥啊，真的超帥的。」
嗯……小滿沉吟半晌。
「務實地來看，可能是當時在公車裡的人吧。因為救護車裡不可能有這種穿三件式西裝的人啊。」
「醫院裡的人也都穿白袍。」
「對啊，所以說如果，我是說如果喔，如果真的有這個人，那一定是妳還活著的時候，看到剛好搭上了那班公車。因為在救護車或者醫院裡的妳，都已經死了吧？」

「爸爸是這樣說的。他說急救隊的人已經確認我心臟停止。」

「那一定是這樣。是公車裡的人。」

可是……

「我總覺得……確實我到醫院之前就已經死了啦，但我總覺得三件式西裝男一直在我身邊。」

「問過醫生或護理師了嗎？有沒有這麼個男人？」

問了。

「他們說沒有。救護車把我送到醫院時，跟我搭同一班公車的護理師也一起來了。真的超巧的，就是這間醫院的資深護理師。」

「那不會有錯啦。那個男人就在公車裡。而且是沒有出來提供目擊者證詞的人。」

可能真是這樣吧……

再過不久應該就能出院，住院三星期，我已經完全習慣在醫院裡的作息。到了熄燈時間我還睡不著，晚上養成在iPad上看影片、逛網路的習慣。現在我已經能一個人上洗手間，也習慣走在夜晚醫院的走廊上，到大廳去喝飲料了。

我開始學會分辨晚上護理師們的腳步聲。啊，現在應該是那個人，這聲音是拖鞋，應該是患者吧？之類的。

晚上十一點，我跟平時一樣在大廳喝著紅茶，耳裡傳來一陣陌生的腳步聲。

腳步很輕，但明顯並不是護理師們休閒鞋膠底的聲音，也不是拖鞋的聲音。

（皮鞋？）

一個男人慢慢走過大廳旁邊。

一頭蓬鬆的頭髮，長相俊美，身材修長。身上是皮夾克跟破牛仔褲。

是那個人。

那個男人。

他走在醫院的走廊上。我急忙追上對方，不敢大聲喧譁，小聲地說了聲：「等一下。」碰了碰他的肩膀。

男人似乎嚇了一跳，急忙轉過頭來，那個瞬間我剛好抓住他的肩膀，他這一轉身我稍微被往前拉。

整個人撲進轉過身來那男人的胸口。

男人溫柔地接住我，發現我身上穿的是睡衣，他有點緊張地說。

那聲音聽起來很舒適、很好聽。

「沒事吧？」

「沒事，不好意思。」

「妳……」

男人微蹙著眉看著我。

「那個，我在公車被槍打中了，我想應該是你救了我，你還記得嗎？」

男人瞪大了眼睛。那對眼睛在夜晚醫院的昏暗走廊上，依然閃著晶亮的光。

「妳，看得見我？」

這個人在說什麼？

「看得見啊？我眼睛又不瞎。」

「妳剛剛還碰到我了，真想不到。」

說著，他露出真心吃驚的表情。

男人輕輕抓著我的手臂扶住我，他輕輕拍了幾下，然後高個子的他低頭俯視著我。

「看來妳已經好得差不多了。」

果然。

「你記得我吧？我們在公車上見過對吧！」

男人點點頭。

「記得。夏川痲美，今年高三。不過請先等一下。我得趕去一個地方。」

「去哪裡？」

夜晚的醫院。話說回來這個人為什麼會在這裡？

「下了那道樓梯的加護病房。知道嗎？妳之前也待過那裡。」

知道是知道。要趕去加護病房？

「我有工作。」

工作？

「你是醫生嗎？」

他沒有穿白袍，我想應該不是醫生。

男人輕輕搖搖頭。

「我是死神。」

你說你是什麼？

真是難以置信。

男人說，既然妳能看見那也沒辦法，帶我去了加護病房，要我躲在暗處安靜地看。

男人一走到某張病床邊，警報就開始響。醫生和護理師慌張飛奔過來，開始進行處置。

男人站在病床邊，靜靜看著一切。

一臉悲傷。

一臉的難過。

躺在病床上的某個人，就這樣永遠沉睡。

男人確認了這件事後，輕輕撫摸了那個人的臉頰，小聲嘆了一口氣，閉上眼。

他跟我一起回到醫院大廳。

不管妳相不相信，我就是人類口中所謂的死神。死神先生這麼說。

我竟然相信了。

因為這位死神先生他沒有影子。儘管是深夜，醫院走廊和大廳都還留有微弱的燈光，通常會照出影子，可是死神先生並沒有影子。雖然他並不需要努力讓我相信，但是他說，因為我很特別，所以刻意讓我看了一下。

死神先生穿過了牆壁。他沒有爬樓梯，輕輕一躍就來到上一層樓。消失在我眼前後，又立刻出現在其他地方。

我只能相信。

「那你是來殺掉那個加護病房裡的病人的？」

死神先生苦笑著。

「我知道人類已經把這種誤解當成常識了，但不是的。」

「不是嗎？死神不是負責把人帶到死亡的世界去嗎？你們會帶走人的生命吧？」

「不是的。」

他接連兩次，說得很篤定。

「人會死是因為壽命將盡。這是天命、是命運。並不是我們死神殺的。

這一點至少我希望能跟我對話的妳不要誤解。」

「你們不是一定會出現在人死的地方，把人帶到死後世界去嗎？」

「我們不會帶走人，妳就沒有走吧？我還跟妳一起在這裡對吧？我有跟剛剛死去的患者一起去哪裡嗎？」

沒有，他直接跟我來到這裡。

「我們死神只負責親眼確認這個人真的死了而已，就只負責送終而已。」

「為什麼要這樣做？」

「這就是我們死神的工作。」

「工作。」

「我們死神的工作必須確認死亡真正成立。得確認這個人類的肉體活動結束，生命終結，否則『死』就不算完成。我們就像是棒球的主審、足球的裁判。如果我們沒有在遊戲的最後鳴笛吹哨，這場比賽就不算成立。」

他盯著我的眼睛，繼續說明。

「要不然『死亡』不會成立，等於沒有完成。」

「那等你確認完之後，那個死掉的人會怎麼樣？」

「這個人已經死了，不會怎麼樣。『死』就是『死』，代表生命活動的停止。僅此而已，沒有更多的意義了。」

沒有更多的意義。

很平靜的一句話，但是我聽了卻微微顫抖。深夜醫院的昏暗大廳裡。死神先生跟我坐在椅子上面對面。

「死神先生應該是神吧？」

「是的。」

「所謂死神，是一種工作，就像一個職位？」

「妳的理解非常正確。用公司來比喻確實就是職位，我是『死神』，另外還有『福神』、『窮神』、『瘟神』、『九十九神』等，這個國家有許多神在執掌自己崗位的工作。妳聽過八百萬神這種說法嗎？」

「當然，不是真的有八百萬，是指很多的意思，幾乎所有東西上都有神明存在，對吧？」

嗯。死神先生微微一笑。

「一點也沒錯。有人的地方就一定會有神。我們與人同在。沒有人類，我們眾神也就無法存在了。」

「是這樣的嗎？」

「狗會向神祈禱嗎？貓會因為運氣不好而哀嘆嗎？長頸鹿會到廟裡去參拜嗎？」

為什麼講到長頸鹿？

但真的是這樣。這個世界上只有人類、只有人認識神。

死神先生微笑著。

「我們眾神都是因為人才獲得生命——當然不是指真的生命。我們無法像人一樣過著一般的人生，只能為了完成自己的使命而存在，但我們也確實存在。以我來說，我跟其他神不一樣，我的存在本身跟人沒有直接關係，但其他神會跟人類一起生活。」

其他神跟我們一起生活？

「那福神之類就在我們身邊嗎？」

「在啊。跟人類一起生活，帶給大家幸福。雖然期間跟範圍都有限。」

「窮神也是？」

「除了我們死神以外，所有的神都是。」

但是人類絕對不會發現。

「那為什麼我能這樣跟死神先生說話呢？」

「這就是不可思議的地方了，我也很驚訝。妳能復活這件事已經讓我很吃驚。因為我的確為了替妳送終，到妳身邊去過。」

原來如此。當時我看到的就是死神先生要來確認我死亡的那一幕。

「咦？那我為什麼又活過來了？」

「不知道。但是妳可以這樣跟我說話、碰觸我，大概是因為曾經遇見過我之後又重生的關係吧。通常大家會直接死去，並不會看見我，也不會復活。」

「是神的意思嗎？應該有這種神嗎？你不認識嗎？」

「妳說的應該是掌握人生死、命運的神吧。說得仔細一點，就是決定人類壽命的神。」

「對，死神先生說你是來確認死亡的，也就是說你事前就知道一個人會死，所以才來的對吧？這就表示應該另外有一個掌管命運的神存在吧？」

死神先生稍微彎起嘴角。

「觀察力很敏銳呢，麻美。但是如果有掌握命運的神，為什麼我們死神還得特地來確認死亡呢？假如已經知道外面一定會下雨，還會為了確認這一點而外出嗎？」

「啊。」

「沒有錯。我沒有見過掌管人命運、生死的神，也沒有跟他交談過。人的死必須經過確認，這件事沒有人知道。」

「可是你是在死前來的吧？這不就代表已經知道一個人會死了嗎？」

「妳知道天氣預報吧？」

當然知道。幼兒園的小孩也知道。

「最近天氣預報愈來愈精準了。有時候預告馬上就會有豪陣雨，結果真的來了，範圍也可以指定得相當精細。」

「對啊。」

「我們死神出現，就類似這樣。會有精度很高的預兆。人死一定會有預兆。我們死神會根據這些預兆前往死亡現場，確認那個人的死。」

「確認就表示需要向某個人報告吧？那就表示有人、不對，有神命令你做這件事吧？」

「這是秘密。」

還秘密？都說到這裡了耶？

死神先生微笑著仰望天花板，我也不由自主地跟著抬起頭。

「雖然是秘密，但應該有神吧。可能一直在看著我們。我覺得人不需要知道這些。」

他指向自動販賣機。

「人真的很棒，能夠接二連三創造出這麼方便的東西，讓生活愈來愈豐富。而我們只是各自執掌的神。死神就只是死神。可是人一出生，從那個瞬間起就帶著無限的可能，任何事都有可能成就。我覺得這正是因為人什麼都不知道的關係。」

「因為什麼都不知道？」

對啊，他點點頭。

「人在一無所知的狀況下降生。所以才具備無限的可能。假如生下來時就已經知道所有的答案，那就不存在任何可能了，因為一切都揭曉了啊。」

「也對。」

「沒錯，所以人最好不要知道太多關於神的事。不過妳已經知道了我的存在，我想這應該也會變成妳身上的可能性之一吧。」

我的，可能性。

只是死神的死神先生。

「死神先生你今年幾歲啊？」

「我們並沒有時間的概念，不過套用人類的感覺，大概是三百歲吧。」

三百歲。

「三百年來，一直都只能確認人死亡的瞬間？」

他點點頭，露出苦笑。

「用人類的感覺來看，可能會覺得非常難以忍受吧。不過我們是神，不會有跟人類一樣的情感，妳不用擔心。」

但如果是這樣，為什麼你會有那種悲傷的表情呢、那麼難受的表情呢？在我死的時候，還有剛剛那個人死的時候。

難道不是因為悲傷嗎？

不是因為覺得自己的工作很難受嗎？

「既然是工作，那死神先生有自己的負責區域嗎？」

「有啊，確實還有其他的死神。我負責東京二十三區。當然負責的也不只我一個。」

「那你經常像今天晚上這樣到醫院來嗎？」

他點點頭。

「經常，現在大家通常都在醫院迎接死亡。這間醫院我也來過幾次。」

果然沒錯。

那麼……

「死神先生。」

「是。」

「我以後要當醫生，剛剛決定的。」

「要當醫生？」

「既然你會在人死時出現，如果我成了醫生，就很有可能見到你了吧？」

「確實是這樣。」

「那我要當醫生，這樣還可以再見到你。」

「願意謹記希波克拉底誓言、拯救人命的醫學信徒增加確實是一件值得高興的事，但妳為什麼想見我？」

「因為我愛上你了。」

死神先生的眼睛，那對漂亮的眼睛瞪得斗大。

「我想再見到你，想成為你的情人。」

「首先我並不是人類，不管是戀愛這種情感或者人類的生活，還是老死，都跟我無緣。所以我不可能成為妳的情人。」

「你到我身邊的時候，表情很悲傷。我記得很清楚。」

死神先生的臉色一變。

「你說你跟人類的情感無緣，但是我從來沒看過其他人臉上有過那麼悲傷的表情。見過死神先生之後能起死回生的人，應該只有我吧？」

「我想應該是的。」

「所以成為你的情人，說不定就是我重生的理由？」

只有這個可能。

奇蹟中的奇蹟。

死神先生稍微露出微笑。

「我知道了。」

知道了？

「所以你願意當我的情人嗎？」

「如果妳真的成為醫生，我們在我來送終時重逢，到時假如妳能救下那個患者，也就是能成功減輕我的負擔，我就告訴妳。」

「告訴我什麼？」

「可以一直見到我的方法。」

可以一直見面？

「有可能嗎？」

「有，只有一個方法。到時候會告訴妳的。用這個方法，只要妳一呼叫，除非我在工作中，否則我隨時可以前往妳指定的地方。雖然我不可能成為妳的情人，但是我可以跟妳一起共度時光。」

「我知道了，我一定會成為醫生的。」

「那就讓我好好期待吧，期待妳穿著白袍再次出現在我面前。」

說完，死神先生便消失了。

☆

一位護理師忽然出現在我面前。

「『死神』，你怎麼做了這麼奇怪的約定？」

咦？這是……

「妳在這家醫院啊？『福神』。」

上次見面的時候，我記得她是在商社上班的職業婦女，坂崎小姐。

「你沒發現嗎？也難怪，我們這麼久沒見了。上次我自殺未遂以後是不是就沒見過面了？」

沒錯。

「除了妳忘記自己是『福神』自殺未遂那次以外，我們應該是第一次像這樣見面。」

「故意挖苦我嗎？我今天可是記得很清楚，自己是『福神』。」

看來是這樣。

「妳現在叫什麼名字？」

「伊澤史子，二十年經驗的資深護士。對了，碰巧搭上那孩子被槍擊的同一班公車的護理師也是我。」

原來如此，是這樣啊。

「既然有妳跟著她，那就表示……」

「因為我的關係，她運氣確實變得非常好，畢竟都死過一次，竟然還能復活。」

「也對。」

「而且『死神』，那孩子的成績其實不怎麼樣，高中上的也不是升學高中。」

「是嗎？」

「現在都已經是高三的夏天了？照常理來說，再怎麼用功，也不可能考上醫學院。」

「但她應該還是會考上吧？因為從今以後，有妳在她身邊。」

「對呀，會考上。而且她會非常努力，以優異的成績成為醫生。實現跟你約定的日子，可能並不遠喔。」

這是值得高興的事。

但是——

「『福神』？」

「怎麼了？」

「雖然說剛死沒多久，但是我從不知道妳還有讓死亡人類起死回生的能力。最近的『福神』是不是能力又加強了？」

「我們才沒有這種能力。」

「我想也是。」

「因為有我在身邊，本來應該直接擊中太陽穴的子彈擦過窗框、偏移了位置。從當場死亡，變成多花了一點時間的出血致死。」

原來如此。

「是這樣啊，可是我都已經來工作，她卻復活了？竟然還有人不用召喚就能看到我。」

「真沒想到有這種方法。神的心意也太難捉摸了。」

一定是。

是神讓她重生的。

「可能算是獎金吧。」

「獎金？」

「因為我們死神不像你們其他神一樣，可以在人類社會裡跟人一起生活，工作領取薪水。就連要在剛剛的自動販賣機裡買飲料都辦不到。神因為同情我們，所以偶爾給點甜頭。」

「哦，是這樣啊。」

或許也有這種可能吧。

不眠之夜的神明

「真次啊……」

「嗯？」

「其實你一來我就很想問你。」

「什麼？」

回答的時候雖然嘴巴在動，但頭完全沒轉動，畫畫的手也並沒有停下來。小桔的手也一直在動，並沒有轉頭過來。

這是漫畫家的特殊技能。

一邊說話，一邊畫畫。

聽說也有人一說話，就沒辦法畫畫，但是我還沒見過。我認識的漫畫家或者繪師。大家都能一邊說話一邊畫畫，不管是數位或類比。

「你交女朋友了？」

「為什麼問這個？」

一邊畫ＢＬ一邊聊女朋友的話題實在有點那個。不過畫ＢＬ的男人本來就不多，但我是異性戀，想要的不是男朋友而是女朋友。

「你不是知道我沒有嗎。怎麼了？」
「這房間有一股很好聞的味道。之前我來幫忙是什麼時候的事？」
「大概兩個月以前吧？」
「有一股之前從沒聞過的味道。」
「是嗎？」
好聞的味道？
「我對味道還滿敏感的，特別是房間裡的味道。你知道三月清隆吧？」
「喔，三月老師。」
自從拿到連載之後運勢整個都不一樣了，幾乎令人羨慕。
「我臨時去當他助手，那房間裡有一股令人難以忍受的味道。」
「是什麼味道？」
到底是什麼味道會讓人難以忍受？
「這叫我怎麼問？『喂，很臭耶？』我跟他又不是朋友。」
「也對。」

「我猜他可能在房間裡用了很多種芳香劑，這些味道再混雜廚房的味道，就變成我難以忍受的味道了。真不知道其他助手怎麼能忍受。」

確實這樣聽起來還滿叫人困擾的。

「好，第四格這些路人交給你了。」

「OK。上次我到這裡來的時候，這房間裡並沒有這種味道。只有一種單身、沒有女人緣的男人味道。」

「那是什麼味道啦！那種味道你就能忍受嗎？」

「可以啊，因為跟我自己的味道差不多。今天有一種花香，就像女朋友的香水味那種。」

如果我交了女朋友，一定第一個跟小桔炫耀。

「啊。」

「啊？」

「我知道了，應該是柔軟精之類的味道吧？」

「柔軟精？」

「對呀。」

「你還開始用這種東西？」

也不是我開始用。

「我也是不得已的。」

小桔停下手來看著我。

「等等等等，什麼叫不得已？有誰幫你洗衣服嗎？還是你媽來看你了？」

「手不要停。其實不是啦。」

剛好就在兩個月左右前。

房間的洗衣機發出怪聲，好像隨時都要壞掉，我心想也該換台新的了，但是一想到手頭也沒那麼寬裕，遲遲下不了決心換購，於是把家裡堆積的髒衣服裝進袋子裡，去了投幣式洗衣店。

「喔，你說烏龍麵店隔壁那間？」

「對，就是那裡。」

巷子對面的商店街一角。距離這裡徒步兩分鐘，開了一間新的投幣式洗衣店。我已經想不起來，這裡之前是什麼店，是不是一間賣著稀奇古怪詭異東西的雜貨店還是二手衣店？

已經很久沒有去投幣式洗衣店了。來東京的前半年，家裡沒有洗衣機，我經常到公寓附近的投幣式洗衣店去，但那已經是將近十年前的事了。

「那間店的洗衣機看起來都超厲害的。」

「對啊，最近的投幣式洗衣店都很讚。之前忘記在哪裡看過報導。」

進門的瞬間，我愣了半晌。真的又漂亮又帥氣，總之很厲害。

後來……

「很驚人吧。」

身後傳來一個聲音，我有點驚訝，轉過頭去。一個女人站在眼前。

「啊，抱歉抱歉。」

我發現自己進了入口後一直站在那裡不動，影響了別人進出，急忙走進店裡。

「我不知道這家店這麼漂亮。第一次來。」

「是嗎？我也是。」

這確實是我們第一次見面，但是對方卻很親切地開始跟我攀談。

但是我並不覺得對方精神有問題，或者有任何奇怪的地方。只是單純覺得這個人很開朗、容易跟人親近。我猜對方年紀應該跟我差不多。不過。這個女孩、或者說這個女人應該比我年輕一點吧？

說到年紀確實有點微妙。

看起來有點像大學生，也有點像剛出社會的新鮮人。也說不定只是長得娃娃臉，其實跟我一樣三十多歲了。

身上是黑色牛仔褲加上棉衫，搭配寬鬆的開襟衫，看起來不太正式，應該是她的家居服。腳上還踩著涼鞋，也沒有化太濃的妝。一定就住在附近。既然會來投幣式洗衣店，多半都是住在附近的人。

會像這樣立刻從外表進行許多分析和想像，一定是漫畫家或小說家的天性吧。

她手上拿著很多東西，本來以為有很多衣物要洗，結果並不是。發現到我視線盯著她的行李，她難為情地笑了笑。

「我自己帶洗衣精跟柔軟精過來了。因為第一次來，什麼都不懂。」

「喔，這樣啊。」

沒有錯，這裡的洗衣機會自動加入洗衣精和柔軟精，就算自己帶來也沒辦法用。

我們就這樣兩人並肩看著說明的文字。等到要投幣的時候，我才發現自己忘了帶皮夾。

「咦？」

她也發現到我正在找皮夾。看到我一臉苦笑，她噗嗤一笑。

「我忘記帶皮夾了，不好意思，我家就在附近，我回去拿。衣服我放在這邊能幫我看一下嗎？」

「啊，不要緊，我借你。」

「不不不，我馬上回去拿。」

「你可以等衣服丟進去開始洗之後再回家拿呀，這樣比較節省時間。」

她甜甜一笑，取出了零錢。

「我馬上就回家拿皮夾還給她了。對，所以這房間裡應該有她挑選的柔軟精味道吧？」

「哦，所以她借了你錢。」

原來如此，小桔也點點頭。

「你這麼一說，這確實很像柔軟精的味道。然後呢？」

「然後？」

「那女孩叫什麼名字？」

「御手洗咲子。」

「御手洗？」

「不是開玩笑，她真的叫御手洗咲子。今年二十五歲，在建設公司當會計。家住在距離這裡走路三分鐘左右的公寓。」

「不會吧。知道得這麼詳細，是不是已經約過會了？」

「沒有啊。」

如果說在投幣式洗衣店見面叫做約會，那大概約了四、五次吧。

「那所以呢？之後你一直沒買洗衣機，都去投幣式洗衣店洗衣服？」

「對。」

「有企圖喔。」

如果說我沒有半點企圖就是在說謊。畢竟真要買洗衣機也不是不行，但是我卻遲遲沒有買。

都是因為她，因為咲子說暫時不打算買洗衣機，想要靠投幣式洗衣店解決。

「她家的洗衣機也壞了嗎？」

「她是這麼說的。」

「不錯啊不錯啊。對方該不會也是因為想見你才這麼說的吧？」

這就很難說了。

「她長得很可愛吧，畢竟你喜歡的就是那種嬌小可愛型的。」

「不要把我說得跟蘿莉控一樣。」

不過說到我偏好的女性類型，他這麼說也沒有太大差錯，而咲子也真的非常嬌小可愛。

「交個女朋友，帶回家來，在那張床上打打鬧鬧不是很好嗎？這麼一來說不定睡得好一點，治好你奇怪的夢遊症。」

「有可能嗎？」

畢竟那並不是可以痊癒的症狀，也不知道究竟算不算一種病。

「最近還會做奇怪的夢吧？」

「應該會吧？」

可能有，也可能沒有。畢竟我根本分不清那到底是不是夢。

「那絕對是夢啦，你就是得了奇怪的夢遊症。雖然不會從床上爬起來四處走動，但是名符其實在夢裡遊玩的夢遊症。」

我曾經請小桔徹夜不睡，觀察睡覺時的我，還用錄影機記錄了下來。

我的確在說話，睡著之後也一直說個不停，雖然沒發出聲音，但嘴巴不斷在動，就好像在跟誰對話一樣。

然後我會開始做筆記，拿起筆在筆記本上寫下很多事。明明還在睡覺。那個樣子看起來還怪嚇人的。

這種時候寫下的文字就像蚯蚓在爬一樣，幾乎沒人能辨識得出來，但我自己大概能看懂。

我可以讀懂內容。

幾乎都是漫畫的題材。

就像是靈感，或者大綱。

醒來之後，我完全不記得那些是自己睡覺時寫下的。不過小桔確認過，我確實睡著了，但是卻拿起放在枕邊的筆，在同樣放在一旁的筆記本上寫下了這些內容。

小桔試著移動筆記本跟筆的位置。這時候我會起身，把筆記本跟筆拿回來後再鑽回被子裡開始寫。

影片裡也拍到了我這些行動。

但是我卻一點都不記得。

第一次發現這件事，是我高中剛開始畫漫畫那時候。不記得是什麼時候開始的，早上醒來之後，發現枕頭旁邊放著鉛筆和筆記本。前天晚上，明明沒有這些東西。這是怎麼了？好奇翻開一看，上面寫著很多東西。

解讀完自己寫下的這些看不太懂的文字，發現其實是不太成熟的分鏡。上面寫了很多點子還有角色之間的對話等等。該不會是睡昏了頭才寫下這些的吧？隔天我開始把鉛筆和筆記本放在枕頭邊，發現幾乎每天都會留下一些東西。

有時候什麼也不會寫，有時候寫的東西沒什麼內容，大概是前一天晚上看過電視連續劇的感想，但是多半都是為了漫畫而寫的東西。

連我自己也覺得，當時真的滿腦子都在想著漫畫。

不過如果到其他地方過夜就不會這麼做。

畢業旅行或者到朋友家過夜時，我還是會把筆跟筆記本放在枕頭下，但這種時候什麼都不會寫。

只有在自己房間睡覺時才會寫。

「你還沒有跟女朋友一起在自己房間睡過覺吧？」

「沒有。」

目前為止三十二年的人生，雖然跟女朋友一起睡過覺，但都是在賓館或者在對方家裡。

因為我覺得在自己家裡跟女朋友一起睡，好像有點不太妙。如果對方看到我睡著之後，一邊睡一邊在筆記上寫東西，一定會嚇壞吧。

☆

「畢竟畫的是BL漫畫，除非對方是腐女，要不然確實不太好意思帶女生回家。」

「跟這沒有關係啦。我開始畫ＢＬ之後就沒交過女朋友了。」

「也對。已經五年還是六年沒有女朋友了。上一任女朋友小杏過得還好嗎？」

「應該吧，聽說已經結婚了。」

「聽別人說的嗎？」

「對，聽說的。當初說要開始畫ＢＬ的不是你嗎？」

「明明是你吧，你這樣也好意思自稱為神嗎？」

對。

神。

天下無雙的九十九神。

「枕頭的九十九神」

「我之前就一直想問你了。」

「問什麼？」

「有所謂的『枕神』吧？以前媽媽還是奶奶經常說不可以踩在枕頭上，因為枕頭裡有神。」

「嗯，對呀。」

「那你自稱是『枕頭的九十九神』，所以你是『枕神』嗎？」

嗯，很好。能這樣認真思考神的事情，非常重要。現在大家都不太尊敬神，也不把神放在眼裡。

「現在你已經是個獨當一面——不過還是相當小眾的情色漫畫家了。」

「雖然是事實，但是聽起來有點火大。」

「總之你確實是個創作者，屬於以創作故事為業的人。應該具備一些關於語言的知識吧？」

「嗯，我想應該比一般人多一點。」

「你知道『枕（Makura）』的語源是什麼嗎？」

「有很多說法，有一種說法是人睡覺的時候自己的靈魂會進去，也就是靈魂的倉庫，魂倉（Tama Kura）。」

「確實有這種說法，這樣想確實沒有錯。人一睡覺就會做夢，從以前就是這樣。」

「應該是吧。」

「但是人開始好奇，明明睡著了，為什麼會做夢夢見自己生活在清醒時的世界，或者另一個不可思議的世界呢？可能是去了神所在的世界吧。」

「原來如此。」

「睡覺的時候有枕頭會很舒服吧？身體舒服的話做的夢也會很開心。所以人開始猜想，枕頭裡一定有神在。這就是住在枕頭裡的神，所謂的『枕神』。」

「嗯，這個我懂，但是真的有『枕神』存在嗎？」

「據說是有的啊，雖然我也沒見過。」

「沒有嗎？你不是『枕頭的九十九神』？」

「關鍵就在這裡。」

「在哪裡？」

「聽好了，『九十九神』是一種住在人類製作出來、長久時間愛惜使用的道具中的神。所以起因就不一樣了。除了『枕神』之外，像『福神』、『窮神』、『瘟神』、『死神』等等，他們都算是真正的神。」

「真正的神？那是什麼？」

「我怎麼知道，我又沒見過。」

「見也沒見過？」

怎麼連這個也不懂呢？

「當然啊？你覺得日本鄉下地方的足球隊少年，可以輕易見到球王比利嗎？」

「喔，原來如此啊。」

就是這樣。

「我們九十九神會住進人類製作出來、並且好好珍惜的東西裡。我們不像一般的神有那麼大的神力。但是可以像這樣跟你們交談。」

沒有錯，可以說話。

我是『枕頭的九十九神』，所以只能在你睡覺的時候，在夢中跟你對話。

「但我也算幫上忙了吧？我總是像這樣跟你討論漫畫的素材。」

「雖然都是ＢＬ的素材。」

「那也是我們討論過後決定的吧，既然要畫，就要畫能受大家歡迎、能賺錢的東西。而且之前想到的新題材，穿越時空的那個，那一定會紅啦。拿去跟主流雜誌推薦，一定可以爭取到連載的。」

「真的可以就好了。」

可以。

真次，你很有天分。跟你一起睡了三十多年的我最清楚這一點。

畢竟身為一顆枕頭，我已經活了將近百年。

就算我身體裡塞的都是蕎麥殼。

你奶奶從小就用的那顆蕎麥殼枕頭裡放的蕎麥殼，就是我。奶奶在你出生的時候又重新縫了一顆。為了讓你能夠一直做好夢，她把放在自己枕頭裡的蕎麥殼取出了一些，裝進小袋子裡縫了一顆小枕頭。

枕頭換過好幾次，每次你媽媽都會把這個小袋拿出來，放進新的枕頭裡。

所以我才能夠成為『枕頭的九十九神』，像這樣跟你在夢中說話。

『枕頭的九十九神』可是很少見的。因為平常不太會有使用一百年的枕頭。

這些話我不會告訴你，真次。

但九十九神只會住在人類真正愛惜使用的東西裡。

成為九十九神的條件就是愛。一顆懂得珍惜、懂得憐愛的心。是人類的心造就了九十九神。

從各種意義來看，「九十九神」都是由人類的愛所產生的神。

這份愛經過幾番輪迴，又回到人類身上。

你在爺爺奶奶爸爸媽媽的愛灌溉之下成長茁壯。當然，還有我的愛。

我只在你睡覺的這段期間能跟你說話，除此之外什麼也做不了。而且當你醒來之後，就完全不記得我的存在了。

我確實陪在你身邊。

跟你一起思考漫畫的題材。

☆

雖然真次醒了之後就不記得我，但我一直在這裡。我大概能知道你現在在做些什麼。

只有在真次睡著的時候，我才能直接知道你在做什麼。不過要跟你一起睡覺的女孩到家裡來的時候，我確實有點著急。

不要緊，神是很紳士的。這段期間我會消除意識，讓自己什麼都不知道。所以真次睡著的時候不會寫筆記，你就放心吧。

太好了，終於又交了新的女朋友。

而且也確定了新連載。就是上次我們兩個聊過的穿越時空故事。這點子一定行得通。這麼一來你就可以擺脫情色漫畫家的標籤，躋身成為一般雜誌的漫畫家。一定能成為大受歡迎的作者。
還有女朋友，御手洗咲子小姐。在那之後她經常到你家。那女孩手很巧，還能幫忙當漫畫的助手。
真次好像也給了她備份鑰匙。
今天真次為了新連載的事出門開會，御手洗咲子小姐到家裡來，拆下棉被套和床單，是要幫忙洗吧？原來這女孩是會幫忙做這種事的好孩子。
她也拆下了我的枕套。
這時我終於看見了她的臉。
沒有錯，蓋著枕套，我什麼也看不見。
御手洗咲子小姐。
我正心想，真的是個可愛的女孩，這時她看見了我。
沒有錯。御手洗咲子小姐看見了我。
她看到的不是枕頭，而是身為『枕頭的九十九神』的我。
「啊？」

不會吧？

「原來就是你啊。」

她看到我，咧嘴一笑。

真次的女朋友。

御手洗咲子。

真是嚇了我一跳。

「妳是『窮神』吧？」

窮神。

八百萬神之一。

「對呀。」

「妳就是真次的女朋友？妳成了他的情人？」

「沒有錯，該怎麼稱呼你？『枕神』大人？」

不是吧。我要生氣了。

「我只是平凡的『枕頭的九十九神』。」

對，九十九神。
窮神稍微噘起嘴唇。
「你們這些九十九神都有點麻煩。」
「什麼叫有點麻煩？」
「因為你們的名字都叫什麼『筷子的九十九神』、『飯鍋的九十九神』、『飯碗的九十九神』，前面都得加上什麼什麼的九十九神不是嗎？我之前還遇過『製作於十九世紀的布偶熊九十九神』，這名字也太長了吧！」
「這有什麼辦法？規矩就是這樣。妳剛剛說的應該是出生在外國的泰迪熊吧？」
「沒錯沒錯。」
「出生在外國的那些傢伙確實有點麻煩，得把自己的出身講清楚才行。」
關於這一點，我們出身日本的就簡單多了。
「而且他們跟我們不一樣，經常會遇到溝通不良的情況。」
這也沒辦法。

我們只不過是「九十九神」。靈魂寄宿在人類製作的東西裡，跟原本就是神的窮神大人天差地別。

「那……？『窮神』大人？」

「我是御手洗咲子。」

「咲子小姐纏上了真次，這次的他連載的漫畫應該會爆賣吧？要不然妳也不可能纏上原本就已經很窮的他，對吧？」

「不要說我纏上他好嗎？我是真的喜歡真次的。」

話是這樣沒錯啦。

「窮神」咲子小姐彎起嘴角一笑，點點頭。

「豈止爆賣。非但如此，還會成為暢銷全世界的作品，被好萊塢翻拍成電影。」

真的嗎？

「也太厲害了吧！」

太厲害了真次。我們構思的漫畫竟然會紅成這樣！

「所以我才會來。」

「為了避免他從天堂掉到地獄，對吧？這就是你們窮神的職責吧？」

我只是平凡的「九十九神」，這些都是聽來的，聽說「窮神」不只會讓人變窮，還會為了避免一個人因為太過有錢而得意忘形，適度讓這個人變窮。

咲子小姐很快點點頭。

「沒有錯，我成為他的女朋友，避免真次變成狂妄的天狗。啊，這只是比喻，跟『天狗大人』沒有關係的。」

「這我知道。」

「你不用擔心，他不會變成一個再也不畫漫畫的廢柴。」

「那就拜託妳了，這傢伙真的是個好人。」

「包在我身上。」

「不過……」

關於妳變成他女朋友這件事。

「最後妳會甩掉真次吧？神應該不能跟人類結婚對吧？」

「不能。不要緊的，不管失戀或者是跟心愛的人分手，都可以成為漫畫家的題材。人生的一切都是素材。這不就是漫畫家嗎？真次有這種天分。」

「是嗎？」

說的也是。

「再說，之後他會成為暢銷漫畫家，遇到比我更好的人。不要緊，跟他交往之後我知道真次真的是個好人，他一定可以擁有幸福的婚姻。就算不能，我也會讓他擁有美好的人生。」

「喔。」

太好了。既然神都這麼說了，那一定沒問題。像我這種平凡的「九十九神」，根本沒辦法幫上他什麼忙。

咲子小姐用溫柔的眼神看著我。

「所以呢，『枕頭的九十九神』？」

「嗯。」

「我之所以會來，都是因為你在真次的身邊。因為身為『九十九神』的你這麼愛護真次，我才能夠在真次失敗之前出現。不過……」

我知道。

我聽說過這件事。

「神不能有兩個，對嗎？」

「沒有錯。」

跟人類在一起的神，只能有一個。正確來說，是只能有一種。

一個人身邊不能存在不同種類的神。

「我會把你丟掉，買新的枕頭。重新買我們兩人用的成對枕頭。」

「這樣啊。」

這樣很好。總不能一直用這麼舊的枕頭吧？

「但是……如何？還有清洗這個選項喔。」

「清洗？」

「在我跟真次認識的那間投幣式洗衣店，可以洗這個枕頭。洗完之後你會消失，但是你曾經成為神一次，再過十年或二十年，如果還跟真次在一起，到時候又能成為『枕頭的九十九神』。」

二十年嗎？到時候那傢伙都成臭大叔了吧。

「妳覺得呢？洗了之後他還會用十年二十年嗎？」

「會。洗了之後我會親手重新縫一個枕套，這樣他一定會繼續愛惜使用。他這個人就是這麼浪漫。」

那好啊。

「到那時候，妳也已不在了，是嗎？」

她慢慢點頭。

「可以重生一定是很棒的經驗。我無法有這種經驗，還滿羨慕你的。」

是嗎？也對。

「呦！好久不見啊！」就把下次在夢中跟真次這麼打招呼，當成漫長的期待吧。

笑門來福

今天是我二十七歲的生日。
稍微走下神樂坂的坡道處有一間酒吧。
這裡的烤肉實在太好吃了，我們才剛說到不如再來一杯搭配烤肉的紅酒，小汐便提起了另一個話題。
「我之前聽人說過。」
「說什麼？」
「當人要創造某個東西的時候……。我說的是製作東西的那個創造。」
「嗯。」
「也就是創作者這種人種，只有二十四小時一直都在創作的人，才是真正的創作者。」
二十四小時持續創作。
「聽說這種人全身的細胞都會變成這個樣子，從社會眼光看來就成了怪人。」
「嗯。」

創作者應該也有很多不同種類吧？世界上本來就有很多不同類型的人。
「雅寶好歹是插畫家，也算是創作者吧。我想妳應該知道這種感覺。」
「好歹」這兩個字並不需要。
我確實是插畫家沒錯。我畫漫畫、想當個漫畫家，但是沒能成功。
「知道是知道啦。」
「我就知道妳懂。」
「可能不至於二十四小時啦，不管做什麼、看什麼，全部都跟創作、跟工作有關，從這個角度看的話確實沒有錯。」
「像現在這樣幫妳慶祝這個沒有男友一個人孤孤單單快要人老珠黃的二十七歲生日，也可以連結到工作。」
「對，沒有工作沒有男友真是寂寞死了我。喂！」
忍不住要吐槽。
我們很愛這樣搞笑。
今天也一起去看了搞笑表演回來。

「不過真的很謝謝妳。讓我單身的孤單生日變得這麼美味。果然人人都應該交個像妳這樣有情、有愛、有錢的朋友。」

小汐在一流企業上班，是個非常幹練的職業婦女。

國、高中時我的成績比較好，但是說到頭腦好不好，還是小汐比較聰明。

「不過這倒是真的可以連結到工作上。」

小汐拿著紅酒瓶。

「對我來說，這就只是一瓶好喝的紅酒，但是對妳來說，拿起這個酒瓶、喝酒，都可以變成自己的畫，都可以連結到工作，對吧？」

「沒錯。」

而且還是在無意識下。

現在這個場景、店裡的狀況、美味的紅酒、烤肉、跟小汐的對話，全都進入我的腦中，總有一天可能變成畫、變成漫畫。某一個時刻這些會忽然浮現腦中，成為畫面。

如果是正式的插畫工作，比方說小汐剛剛那個姿勢很不錯，可能就會成為一幅某個女性的插畫。

「生活的一切都會成為我們的養分，確實都會連結到工作。」

「就像搞笑藝人常說的，人生一切都是段子。」

「就是這樣。」

我覺得搞笑藝人想段子也很厲害。我經常想，他們到底經過什麼樣的思考才會想出那些段子呢？

「我覺得兩者應該是一樣的。」

「所以如果可以在業界存活下來，真正的天才大概如同字面說的二十四小時一直都在創作。」

可能真的是這樣吧。

「不過我倒沒有這樣啦。」

「但我忍不住要說，妳的品味真的很糟耶，妳大推的『笑子小子』我真的笑不出來。」

「哪會！」

「根本不知道到底哪裡好笑啊。我知道是很超現實啦。」

是嗎？超現實嗎？

我覺得是很直接的搞笑啊。

「實際上好像反應也不怎麼樣啦。」

今天也是，會場裡觀眾不少，但是聽了「笑子小子」有笑出來的，包括我在內只有寥寥幾人。小汐還有其他人在我捧腹大笑時只露出了微妙的笑容。

「但如果幾年後『笑子小子』爆紅，就表示妳的感覺很準呢。」

「希望可以這樣啦。」

通常我喜歡的東西都很小眾。

嗯，我對這一點很有自覺。我自己也是個小眾創作者。

我從小就喜歡畫畫，爸媽都說，我總會隨身帶著能畫畫的東西。

他們還說，多虧了如此讓他們帶孩子帶得非常輕鬆。總之只要給我能畫畫的東西，我就會一直埋頭畫畫。

「但是我很喜歡雅寶畫的畫。」

「真的嗎？」

「真的真的。跟朋友說這種謊幹嘛？妳不管畫什麼東西好像都會變得很溫暖。」

「溫暖？」

「不管那一天發生了什麼討厭的事，只要看到妳的推特或者在哪裡上傳的畫作，就會覺得『真好～』。明天又有力氣可以努力了。」

聽了真開心。

小汐不會說謊，也不會奉承人。

「謝謝。」

「我是不知道妳會不會突然出名爆紅啦，但是我覺得妳只需要依照現在這樣繼續畫下去就行了。」

嗯。我也只能這樣。

我覺得自己手應該算巧。不管什麼樣的畫都能輕鬆畫出來。我可以因應客戶要求畫出各種筆觸的作品，不管數位或類比都行。現在多半都是數位處理比較多，但我也能在畫布上創作油畫或者水彩。

我也會想，這樣是不是不太好。

一個會紅的畫家、能受到大家肯定的畫家，應該是一個能表現出自己獨特世界的人。

像這種人如果幸運搭上了時代的潮流，就可以走紅。

這時候講的不是實力、而是運氣。我覺得走紅插畫家或漫畫家裡，真正光靠實力就能紅的人可以說幾乎不存在。

實力、品味，還有運氣。

三種條件齊備之後才能被看見、才能走紅。

但是誰也不知道怎麼樣才能齊備這三種條件。

在巢鴨車站下車，回到徒步四分鐘的公寓。這附近車流多、路上也夠明亮，深夜回來我也不害怕。

生日當晚一個人——不過剛剛有小汐替我慶生，但是小汐回到有同居男友等待的家，我則回到這個沒有人在的房間裡。

我想養貓。

我很喜歡貓。當然也喜歡狗，任何動物都喜歡，不過養狗得天天帶出門去散步，還是養貓比較好。

但是現在住的地方唯一的優點就是房租便宜，這裡禁止養寵物。我偶爾會在附近亂晃，去玩玩那些半養半放的貓，滿足我對毛茸茸生物的渴望。

將來有一天希望可以住在一間寬敞、可以養貓的房子裡。如果可能，希望可以靠畫畫為生。

男朋友如果有的話當然是最好，我也並不是不想結婚。

小汐總說，我這個人很容易被渣男騙。我無法反駁。過去我交往過幾個男人，但老實說，一個個都不太行。小汐說，唯一慶幸的就是能跟他們分手分得乾乾淨淨。

「我可能真的不太行吧。」

爸媽還健健康康住在埼玉老家。如果說工作需要外出開會，從埼玉要來東京並不難，或許我也差不多該思考為什麼要搬出去自己住。
如果住在老家還可以養貓。
就在我嘆氣的時候，有一個聲音蓋住了我的嘆息。
是男人的聲音。
而且聽起來似曾相識。
「咦？」
有人在說話。兩個男人。
就在旁邊的公園。那個公園晚上燈很亮，偶爾可以看到絮絮情話的情侶，如果是夏天，附近孩子還會在這裡放煙火。
兩個男人正在公園裡不知說著什麼。
（不對）
他們在講漫才、在講雙口相聲？
該不會正在練習？
在對段子？

「不會吧！」

那是……

是「笑子小子」那兩個人。

逢坂跟吉田。

不會吧！為什麼會出現在這裡？

「請問！」

一回神，我已經衝進公園裡向他們攀談。

「啊？」

兩人轉過頭來，確實是我今天剛看完喜劇表演的那兩人組合。

「你們是『笑子小子』吧？」

「喔，對啊！」

負責吐槽的逢坂開心地說。

「喔？妳認識我們？」

裝傻的吉田開心地微笑。

「認識！其實我才剛看完你們演出！我是你們的粉絲！」

「哇！真的嗎！」

「真的真的！」

太開心了吧！他們兩人也很高興。

「不過你們怎麼會在這裡？」

「喔，打工啦。」

吉田說。

「打工嗎？」

對啊。兩人同時點頭。

「我們在附近工地打工指揮交通，剛剛下班。」

「打工的時候想到很有意思的哏，想趁忘記之前練習一下。」

原來是這樣啊。

也太巧了吧！

「哇，好開心啊。第一次遇到我們的粉絲耶！」

「就是啊，真的是第一次！」

是嗎？可能吧。

那既然這樣的話……。我都隨身攜帶筆跟素描本。

「可以幫我簽名嗎！」

「當然！」

他們兩個人看起來真的很開心的樣子，太好了。

上傳到網站的畫，如果有追蹤者稱讚我也會非常開心。這種小事會讓人充滿幹勁，覺得可以繼續努力下去。

「啊，要不要寫上妳的名字？」

「好啊，那請幫我寫雅寶吧。」

「雅寶是嗎？本名是雅美之類的嗎？」

「對啊，我本名叫坂上雅美。」

「那我寫上『給坂上雅美』好嗎？」

我請他寫了。

「好了！見笑了。」

這是我第一次看到「笑子小子」的簽名。剛剛確實是基於禮貌請他們簽名，但是收到了還是很開心。

對了。

「我看了你們今天的段子，超有趣的。」

「謝謝！」

兩個人真的會同時發聲耶，太有意思了。

「那個……其實我是畫插畫的，可不可以畫你們兩個人，然後上傳到我的推特上？啊，我畫的東西大概像這樣。」

我急忙在iPhone上打開自己的推特給他們兩人看。

我也很驚訝，自己竟然會這麼說。但反過來說，到目前為止我完全沒有寫過任何關於「笑子小子」的事這也很不可思議。

我追蹤人數只有兩百人左右的推特裡，只要其中有一個人對「笑子小子」感興趣，說不定就能成為他們走紅的關鍵了啊。

他們兩人盯著我的iPhone，表情瞬間一亮。

「畫得很好耶！」

「真的！又可愛又帥氣，所以妳願意畫我們嗎？」

吉田看著我這麼說。

「當然！我不太擅長畫人像，不過我會把你們的段子畫進去，告訴大家有多有趣。」

他們兩人看了彼此一眼，然後「嗯、嗯」地點著頭。

「盡量畫！應該說拜託妳畫吧！」

逢坂堅定地點了好幾次頭。

「啊，不過……」

這應該不太妙吧？

「怎麼了嗎？」

「如果我把你們今天的段子用漫畫的方式畫完，應該不太好吧？」

這等於先破哏了。

「沒這回事啦！」

吉田用力地在面前擺了擺手。

「如果因為哏被知道，段子聽起來就不有趣，就表示本來就沒什麼。有聽眾願意介紹我們的哏我們真的很開心。啊，妳還記得今天的段子嗎？」

那當然，記得很清楚。

「不然我們再表演一次給妳看？畫仔細一點是不是比較好？」

逢坂說。

「對呀，妳可以錄影，之後慢慢對照影片仔細畫，怎麼樣？」

「我拍！」

沒想到他們竟然願意讓我錄影。

而且就在我眼前表演。

「是不是上傳之前先給你們看一下比較好？」

不不不。吉田拚命揮手。

「粉絲認真畫的東西，我們還指手畫腳也太不像話了。妳想怎麼畫就怎麼畫！」

逢坂也「嗯嗯！」點著頭。

我一定會好好畫。

讓大家都能成為這兩個人、成為「笑子小子」的粉絲。

回家後，我連妝都沒卸就馬上看起剛剛拍的影片。「笑子小子」的段子。

「哈哈。」

果然很有意思。為什麼大家都不懂這些笑點呢？

「好！」

我要畫了！把這兩人的段子畫下來。

怎麼樣才能好好傳達出去呢？四格漫畫風？還是紀實插畫風好？

還是乾脆畫成完整的一篇漫畫？

我開始畫他們兩人的臉。

可以。感覺眼前的影像很清晰，隨時都能下筆。

逢坂長得有點帥，吉田總是帶著溫柔的笑容。
我一定要畫出有趣的作品。

☆

「為什麼大家都不笑啊？」
「就是啊。」
「我是覺得很有趣啦。」
「就是啊。」
好笑到很想用關西腔來一句「超爆笑的啦」。
「不然還是用關西腔來講？」
「都這個節骨眼了再換關西腔又能怎麼樣？」
「而且我們根本是東京人。」
關西出身的人可是很挑剔的。只不過用了一點關西腔，他們就會生氣：

「說什麼假關西腔！」

但是關西腔也有很多不同地方的關西腔。如果這麼說一定又會被罵了吧。

「不過今天也有差不多三個人笑了。」

逢坂有點高興地說。

「對對對。」

大概二十出頭的年輕男人、四十多歲的婦人跟一個大概高中左右的女孩。記得很清楚。因為笑的人實在太少，都看得很清楚。

「不是差不多三個人，是就只有這三個人。」

「對啦。」

「不過那三個人應該笑得很開心，這樣就好了。」

「是啊。」

我們的段子，兩個人的漫才其實風評並不差。在搞笑藝人同行之內口碑也不錯，不過一登上舞台，也不知怎麼搞的，反應就是不怎麼樣。

上舞台之後節奏的掌握還有口條都太糟了。

「但是觀眾席的反應沒有太糟糕啊。」

「對對對。」

從舞台上看過去，大家臉上都浮現著淡淡的微笑。「喔～原來如此，嗯哼嗯哼，原來在玩這種哏，我懂我懂」，大概是這種感覺。

不過，也就僅此而已。

真正大聲笑的只有寥寥幾人。

今天有三個人。

「昨天是兩個人，又多了一個人呢。」

「就是啊。」

看來也只能這樣踏實地慢慢累積粉絲了。

「也好啦。差不多該去打工了。」

今天兩人一起到便利商店打工。

「喂，你們兩個。」

身穿黑T恤黑緊身牛仔褲的男人突然現身。頭髮倒豎，臉上穿了好多裝飾環。

看上去讓人直覺想敬而遠之。

「啊？」

是觀眾嗎？

雖然很想逃，但現在也逃不掉。

「有什麼事呢？」

「什麼叫有什麼事？『笑子小子』你們兩個，今天的段子太無聊了。」

果然是觀眾。

「對不起。」

「唉，我看你們還是沒搞懂。」

「啊？」

「是我啦。」

啊。

懂了。

是「八咫烏」。

「什麼啦，穿成這樣根本認不出是你啊。」

逢坂說道。沒錯，上次見面時還一副正直陽光青年的打扮啊。

「而且真的很久沒見了。」

「不，吉田啊，因為很久沒見所以認不出來？這就是大家覺得你們段子不好笑的原因吧？明明湊了兩個『福神』在一起。」

被這麼說好像也回不了嘴。

「不過就算是『福神』，也得有點天分才行。」

自己都忍不住要這麼說。

畢竟不會因為我們是神就樣樣都擅長。

「你現在呢？叫什麼名字？在做什麼？」

逢坂問。

「八島。還是一樣在各個工地跑來跑去。」

「八島啊。」

記得上次見面好像叫八戶。

「我是覺得也沒必要每次名字裡都有個『八』字。」

「你管我，反正我一天到晚都跑不一樣的地方。」

「所以呢？今天怎麼會過來？」

「八咫烏」不像我們有專職的崗位。我們「福神」的工作是散播好運，不過「八咫烏」會在八百萬神之間奔走，幫忙大大小小各種雜事就是他們的工作。

「該不會是特地來聽我們段子的吧？」

八島咧嘴一笑。

「這也是目的之一啦，其實我有事要通知你們。」

「通知？」

八島臉上換上了溫柔的微笑。

「我猜你們兩個應該還沒發現，要是知道了一定會很開心，所以特地來通知你們。」

到底是什麼事？

「快說啊！怎麼改不掉老愛賣關子這個壞習慣。」

逢坂一說，八島點了點頭。

「你們還記得雅寶嗎？」

雅寶？

「喔，坂上雅美啦。」

「那誰？」

「有神用過這個名字嗎？『窮神』？」

還是「瘟神」？

「不是啦。大概三個月前你們不是在巢鴨公園見過嗎？一個插畫家，說自己是『笑子小子』的粉絲。」

「啊！」

「她啊！」

對了對了，她就是雅寶。

「坂上雅美小姐。」

「對對對，她就叫這個名字。」

「她正式出道成為漫畫家了喔。」

什麼！

「真的嗎！」

「真的真的，而且還是大漫畫雜誌社。第一集就超受歡迎的。」

太厲害了吧。

「該不會是我們幫的忙？」

聽逢坂這麼問，八島點點頭。

「當然是啦。雅寶不是畫了『笑子小子』的段子嗎？後來上傳了推特。那個作品超受歡迎，被瘋狂轉推，之後被漫畫編輯注意到了。」

「之後就趁勢順利出道，對嗎？」

「沒錯。」

八島開心地點頭。「八咫烏」背後的翅膀興奮地拍動著。

「都是我們的功勞！」

「太棒了。雖然只有一個人，但是『福神』的段子終於能撒出大大的幸運！」

太棒了！兩人握拳擺出了勝利姿勢。

過去因為我們的段子而笑的人，一定也多多少少接收了一些幸運。

比方說買冰棒時中了「買一送一」，跟吵架的情人和好了，學會之前一直學不會的跳繩雙迴旋。雖然都是些小事。

但是這次卻可以給人帶來這麼大的幸運。

儘管只給了一個人。

「不過我們也不能得意忘形，這都是因為雅寶自己有實力。」

說著，逢坂也點點頭。

「一點也沒錯。」

「我覺得這很值得高興啊。因為『笑子小子』真的能帶給喜歡你們段子的人幸福啊。」

八島、「八咫烏」說道。

是嗎？

好像是呢。

這就是我們「福神」、我們搞笑藝人「笑子小子」的使命。

不過還是希望能讓更多更多人笑出來，散播更多的幸福啦。

首先，得再想想更好笑的哏才行。

尋找失物

「讓您久等了！」

明野小姐的聲音並不太大，其實聲音很輕柔，但是卻讓人聽得很清楚。聲音很有穿透力，非常響亮，不管身在辦公室裡哪一個角落、正在做什麼，都可以清晰地聽見。

我甚至覺得與其當這種地下鐵「失物招領處」的職員，還不如找個更能發揮她這美聲的工作。我現在坐在自己桌前，就在明野小姐旁邊，聽得更是清楚。

明野小姐正在窗口接待一個表情看起來十分悲傷的男孩。應該不是男孩了吧？大概高中左右年紀，一定是在放學回家的路上掉的東西。

「那個，我的鑰匙弄丟了。」

「請問是什麼鑰匙呢？」

「家裡的鑰匙。」

「是府上的家鑰匙是嗎？」

明野小姐逐一確認。

家裡的鑰匙，那可麻煩了。
回去一定會被媽媽罵吧。鑰匙長什麼樣子呢？
「記得大概什麼時候、掉在哪裡嗎？」
「應該是昨天。昨天傍晚在這個車站的剪票口，當時我急著跑過去，包包掉了，我猜應該是那時候吧。但是我也不確定。」
原來如此。鑰匙放在包包裡，可能開口沒關好、掉出來了吧。
這種案例真的很多。為什麼大家都不把包包關好呢？還有，到現在我都還覺得難以置信，那種開口總不關的托特包。為什麼大家都這麼放心用那種危險的東西呢？我就不敢用那麼危險的包。
「好的，那麼可以麻煩你在這邊把鑰匙的特徵，還有附著什麼款式的鑰匙圈畫下來嗎？」
明野小姐又請人畫畫了。
她每次都一定會這麼說。
其實程序上並不需要畫畫。只要對方口述、我們筆記下來就好了。

大部分失物上都不會寫上失主的名字。所以能不能清楚記得特徵、跟找到的東西一致，就成了最重要的認領條件。

當然，如果能畫下來又能特徵相符，自然是最好。

男孩開始寫下自己的名字、住址、電話號碼，還有鑰匙特徵。

「上面有妖怪的鑰匙圈。」

「妖怪？」

妖怪？

「鬼太郎裡面有個叫一反木綿的妖怪，一種白布妖怪。」

知道知道，明野小姐也點點頭。

其實我也很喜歡鬼太郎呢，我在網路上全都看了。我很喜歡鬼太郎、妖怪那一類東西。

「是不是最好畫下來？」

「嗯，如果能畫請畫下來吧。」

「可以。」

這高中男孩說得挺有自信。

不過確實啦，能畫下來幫助很大。我坐在椅子上，忍不住伸長了脖子偷看。

這高中男孩畫得還真好！

栩栩如生的一反木綿，水木茂看了也要臉色鐵青吧。他連鑰匙形狀都畫出來了，真厲害。通常不會把自己鑰匙的形狀記那麼清楚的吧。

「畫得真好呢。」

我忍不住說了，明野小姐也回頭看著我，「嗯嗯」點著頭，男孩有點難為情地笑。

「我是美術社的。」

原來如此。這就合理了，難怪畫得這麼好。會畫畫的男孩真好。你應該挺受歡迎的吧？還長了一張傑尼斯系的臉。

「這種的。」

太完美了。

誰看了這張圖都一目瞭然。
「好的，那請稍等，我去確認一下。」
明野小姐帶著那張筆記離開窗口，走向「保管室」。
我在自己座位上繼續工作。男孩無所適從地在櫃檯窗口等待。
稍微等一下喔。
可能找得到，也可能找不到。
其實在地下鐵的「失物招領處」，每天都會收到很多拾得失物。
這數量聽了大家可能會難以想像。
一天竟然有上千個。上千喔？很驚人吧。當然，這是所有主要路線加起來的數量。
不過這畢竟是一天有好幾萬人、好幾十萬人搭乘的都會區地下鐵。在這好幾萬人、好幾十萬人的乘客中掉東西、忘東西的人一天有一千多人。是說大家到底有多粗心啊？
你也是其中一個。

假如一天有一千個拾得失物，真正能回到失主手邊的大概一成左右，最多兩成。大概就這樣吧。大部分拾得失物都回不到失主手中。

這同時也表示像你這樣好好來找東西的人竟然這麼少。就算來找，也經常找不到。

我們職員絕對不會說出口。「可能找得到」，這句話撕裂了嘴也不能講。偶爾會接到抱怨我們「失物招領處」的職員態度冰冷的投訴，就是因為這樣。

不能讓對方有所期待。總之得冷酷、有禮貌地應對。

請稍等一下，不要抱太大的期待。

假如是昨天在這個車站的遺失物，很可能直接送到我們招領處，所以說不定能找到。

鑰匙這種東西幾乎不會被別人帶走，因為這種東西撿到帶回家也沒什麼用。

「二宮先生～」

「保管室」裡傳來明野小姐的聲音。

她呼喚著被大家稱為「保管室」之主的二宮先生。

二宮重三先生。

在這裡工作了三十三年的超資深職員。

聽說二宮先生對這間據說有十萬件失物的「保管室」無所不知。當然不可能有這麼誇張的事。畢竟在這裡的拾得失物保管三個月、最長半年後，就會全部移轉到其他地方。

而且就算二宮先生不知道，東西也都確實登錄在資料庫裡。

登錄是我們單位最重要的項目。保管期間一過，原本屬於我們這裡的拾得失物，要不然被丟掉、要不被賣掉，其中可不能發生任何不法。所以什麼東西在哪裡，確實做好登錄記錄真的很重要。

「昨天有鑰匙直接送來這裡嗎？」

「有十二串。」

「我確認看看喔。」

「好！」

我全部聽到了。

明野小姐人雖然好，不過有點迷糊，什麼東西都到處敞開是她的壞習慣。桌子抽屜經常開著沒關，包包也敞大了口。「失物招領處」職員要是弄丟了東西可不太好笑。「保管室」的門也經常打開沒關。

二宮先生既然知道有多少串，代表他已經整理過了。明野小姐應該正在寫著昨天日期的箱子裡，確認放小東西的盒子。

每串鑰匙上都附有資訊牌，盡可能仔細寫上幾點、誰、在哪裡撿到、由誰送來「失物招領處」等等。明野小姐現在一定正在翻找。

這個很會畫畫的高中男孩，一定能找到鑰匙吧。

雖然嘴上說不要抱太大的期待，其實有一件事很不可思議，這也是我最近才發現的，在那之後每當明野小姐負責櫃檯窗口業務，我都會特別仔細注意。

只要是明野小姐坐窗口，她負責找的失物全都能找到。

從我發現這件事之後，一直都是這樣。

沒錯，全部。

任何東西。

不管是什麼東西，都可以找到。

「有了！」

明野小姐開心的聲音傳來。找到那個掛著一反木綿的鑰匙圈了吧，而且日期跟時間都吻合。

「二宮先生，找到了。」

「好，我知道了，我來輸入吧。」

「麻煩您了。」

明野小姐幾乎是蹦跳著出了「保管室」，直接走向在窗口等待的男孩面前。

「應該是這個吧？一反木綿的鑰匙圈，怎麼樣？」

嗯，跟那張圖一模一樣。不會有錯。

「就是這個！」

男孩露出了笑容。他很高興，眼角還有點溼潤。

太好了，剛剛一定很擔心吧。

「那請你在這邊簽名，證明你確實認領了。」

「好！」

不要再弄丟了喔，小心回家喔。

果然又找到了。

只要明野小姐負責櫃檯業務，來找東西的人一定可以找到遺失物品。

明野惠小姐，今年剛來的新人，高中畢業沒多久，還青春無敵的女孩。

當然，來找失物的人能找到自己的東西，只能說是運氣好。

我已經在這裡工作了七年，目前為止在窗口處理過的尋找失物，運氣好能找到的人，我想想看……，到底有幾個人我沒算過、也記不得，不過絕對是找不到的人佔大多數。好一點的話也許有八成能找到，幾乎九成左右的人都沒能找到。當然可能會在其他地方找到，不過我們也不會收到通知。

然而，明野小姐負責處理的案件，所有失主幾乎都可以完美無誤地全部找到自己的失物。

在找的失物都會被送到這裡。

像前幾天吧，有個一頭浪漫銀髮的紳士說掉了皮夾，裡面大概放了現金十萬左右。我當下聽了心想：啊，這下就算皮夾找到，現金應該也沒了吧，或者被抽走一部分。

結果不但找到，裡面的現金一分也沒少。皮夾完整無缺地找了回來。

不、我知道當然有可能發生這種事，我之前也有過類似經驗。有人撿到皮夾送來，裡面的東西分毫不少。

待在這裡，會遇到不少讓人覺得人世間似乎沒那麼糟的事件。

有是有啦。

當然找到了失物也是非常好的事。

明野小姐的發現率該怎麼說呢，雖然沒有正式統計，但我想應該相當不正常。

櫃檯窗口是輪班制。「失物招領處」的營業時間從上午八點到晚上八點，每天我們會輪流負責窗口業務兩到三小時，這當中需要處理的人數當然天天不同，根據季節也會有落差。

但是通常啦，一個人一天大約會處理十件。

我掉了東西。

我把東西忘在車裡了。

大家都會像這樣，有點難為情、有點不安，其中也有些人飽含著怒氣而來。

有些人馬上就能找回送到這裡來的東西。

也有些人還會進「保管室」去找，找一兩個小時都沒找到。

我們這裡完全沒接收過對方所描述失物的情況也是有的。

所以負責處理的所有人要百分之百確定失主的失物都送到我們這裡、也都能找到，我想是不可能的，但明野小姐卻辦到了。

而發現到這件事的，只有坐在櫃檯旁邊、同時也是明野小姐隔壁座位的我一個人。

換班時我坐在櫃檯窗口前。馬上來了一位中年大叔。

身上穿著西裝，頭髮開始有點稀疏。

「不好意思，請問這邊有沒有撿到一個打火機？」

「打火機是嗎？請問是什麼樣的？」

「是Zippo的煤油打火機。」

是現代社會裡很難容身的癮君子啊。

「好的，請您稍等一下。我去確認一下這邊收到的打火機。」

打火機的失物很少。

百圓打火機的話還不少，但是不會有人特地來找百圓打火機。如果有這種人，反正數量這麼多，我大概會告訴對方，不如你就挑個喜歡的帶走吧。

這次我接到的案子是Zippo的煤油打火機。失主說外面有黑色皮套，很可惜，之前沒看過這樣的打火機。但我還是進了「保管室」確認。

「二宮先生，這三天來有沒有收到Zippo的煤油打火機？」
「煤油打火機有兩個，但是沒有Zippo的。」
「我想也是，不過我還是拿去給對方確認一下吧。」
打開整理層架，把這三天送到這裡來的打火機拿到窗口。對方確認之後，確實沒找到。
真是可惜。
大叔垂著肩膀回去了。是很重要的東西吧？說不定是從年輕時就一直愛用的打火機？要是在我們這裡就好了。
我們的工作只負責在接到詢問時確認有沒有，但沒找到時還是叫人有點沮喪。對方既然特地來找，我想一定是很重要的東西。如果可以，當然希望能在這裡找到。
我把打火機的整理盒拿回「保管室」。
「沒有呢。」
「好的。」

二宮先生微笑地點點頭。最近我在窗口處理的案子大家都沒能找到東西。雖然這單純只是工作，但還是有點不甘心，或者說遺憾。

「最近只要是我坐窗口，東西都找不到呢。」

忍不住跟二宮先生發了牢騷。二宮先生圓滾滾的身體就像熊一樣，可愛極了。他烏黑的頭髮髮量還很茂密，看起來更像熊了。

「總是有這種時候的，這也沒辦法啊。」

「但是她都能找到呢！」

我不經意地脫口而出。

「她？」

二宮先生看著我，微微偏著頭。

「誰啊？」

「還會有誰，就是……」

咦？我想說她的名字，怎麼說不出來呢？

「奇怪了？」

她？

是誰？

「就是有百分之百發現率的她啊。」

「發現率？」

「只要她坐窗口，一定可以找到失物。進了『保管室』之後一定能找到東西的她啊。二宮先生不是也都跟她……」

不是也會跟她說話，輸入找到東西的紀錄嗎？

奇怪了，但是為什麼想不起她的名字。我健忘嗎？

二宮先生有點驚訝地瞪圓了眼睛，然後對我微笑。

「原來早川小姐也看得見她啊。」

「看得見？」

當然看得見啊。

她就坐在我隔壁。

等等？

我隔壁只放了一張辦公桌。

但是沒有人坐在那裡。

「我還跟她去吃了午餐。」

去了嗎？

等等？

腦中一片混亂。我到底想跟二宮先生說誰的事？她？

誰？

我盯著二宮先生看，他「嗯、嗯」點了頭，一直微笑地看著我。

「早川小姐啊？」

「是。」

「妳知道這裡有神龕吧？」

二宮先生指向天花板一角。

「當然。」

怎麼會不知道呢？

保管室裡的神龕。
大家都知道啊。有些人一早來上班時還會對著神龕拍兩下合掌，也有人什麼也不做。我如果抬頭忽然看到了，也會合掌。
「知道這裡供奉的是什麼神嗎？」
「不知道。」
完全不知道，我以為只是一個普通的神龕，之前也沒人提起過。
「這附近以前是河口。」
「河口？」
「對啊，曾經是條河，不過現在已經被填埋了。」
喔，以前是河口啊。
對了，這麼一說我就想起來了。
不只這裡，這個城市本身有很多填埋而成的新生地，回溯到江戶時代，許多地方都是過去的河口或海岸線。
「這裡以前叫木屋町，是木材聚集的地方，同時也是運用這些木材進行加工、製造的工匠聚集的地方。以前真的有很多行業的師傅都住在這一代。從木匠、裁縫到廚師。你應該懂吧？人一聚集，自然就會形成城鎮，各種行業的匠師也會增加。」

「我懂。」

於是日本全國出現了許多不同的城鎮。進入現代社會後，這些城鎮的樣貌有了很大的轉變，可是有些地方還保留著舊時的名稱。

像「銀座」這個地名也是。這裡原本是以銀製造貨幣的地方，所以有了這個稱呼，後來轉而用來形容繁華鬧區。

但是這個話題跟神龕有什麼關係呢？

「這裡呢，以前曾經有一尊很氣派的地藏菩薩。」

「地藏菩薩？」

「現在很多地方也都還有。例如附近的拔刺地藏，日本全國各地都有源自各種傳說的地藏菩薩。」

啊，也對。

「確實沒錯。」

「這裡也有，就在這個地下鐵站上方。保護這個有各種匠師聚集的街區，以前稱呼這樣的神為『掌心地藏』。」

「掌心？」

為什麼要叫掌心？

啊，這樣啊！

「因為匠師們的『手』對嗎？」

「沒錯沒錯。這裡的地藏保護這些創造出各種東西的『手』。據說摸摸這地藏菩薩，手藝就能進步。就是這樣的地藏菩薩。在這尊地藏菩薩前供奉了各種道具，比方說木匠用的、裁縫用的，還有廚師用的。因為實在放了太多道具，地藏菩薩的祠堂也漸漸變大。」

嗯嗯，不難想像。

我懂。

喔？所以說……

「所以那個神龕，該不會就是祭祀那尊地藏菩薩的神龕吧？」

「沒有錯。」

二宮先生笑著點點頭。

「一般來說地藏菩薩並不會供奉在神龕裡，這也是不得已的。原本祠堂還保留在車站上方兩棟大樓的中間，後來覺得不妥，就被搬到大樓屋頂上去。」

「放在屋頂上就沒人能見到地藏菩薩了呢。」

「對啊，後來那棟大樓被拆毀時又被搬到地下街。地下鐵通車時，預料到這裡應該會有很多人經過，所以搬到地下鐵這裡來。」

「所以有這個『失物招領處』的時候就已經……」

沒有錯，二宮先生點點頭，推開神龕下方牆壁的門。

「地藏菩薩！」

那裡有一尊地藏菩薩。

一尊非常非常老舊，已經看不出是地藏菩薩還是長了青苔的石頭，裡面還有一個像神社的地方，由許多看來很舊的木箱圍著。

看起來很乾淨整潔，一眼就知道經常有人在打掃，而且門一打開就同時有感應燈亮起。

那扇牆上的鐵門看起來很普通，完全沒想到裡面竟然有這種東西。

「我一直以為這後面是配電盤或者配管之類的東西。」

「是吧？通常確實會這麼想。知道這件事的大概只有我一個人吧。啊，現在早川小姐也知道了呢。」

二宮先生笑了，然後他對著地藏菩薩，對著「掌心地藏」雙手合十。

我也跟著合掌，閉上眼睛祈禱。

把您關在這種地方的人類，還真是愚蠢。對不起，我代表人類跟您道歉。之後也請您繼續保護這些道具，還有匠師們的手。

我這麼祈禱後，睜開了眼睛。

看不出長相、像一塊岩石般的地藏菩薩，好像正在對著我微笑。

那張臉好像在哪見過。

「她……」

怎麼也想不起她的名字。

失物發現率百分之百的她。

「就是地藏菩薩嗎？」

二宮先生偏著頭，沉吟了一聲。

「是不是呢……」

他慢慢關上門。

「我第一次見到她，已經是二、三十年前的事了。在那之後那孩子一直是『失物招領處』的新人。不過呢，知道這件事的只有我一個人。所以我沒跟任何人說過。她到底是地藏菩薩的化身，還是九十九神呢？妳知道九十九神嗎？」

「當然知道啊。」

知道，知道得很清楚。

「我猜可能是奉納在這裡的眾多道具變成了神，發現了這裡的遺失物品，或者製造了遺失物品。為了那些弄丟了東西、老讓人費心的人類。神一邊苦笑，一邊回收那些只能被丟掉的失物。」

原來是這樣啊。

「不是那些會被賣掉的東西，而是從只能丟掉的東西裡……」

製造出被認領的失物。

靠著神力。

在短短一瞬間。

「我覺得應該是這樣啦。不過她找到的失物都是之前沒有送來的東西，所以我的工作就是輸入資料，記錄下東西送到，失主也來認領了。」

她。

想不起名字的她。

「二宮先生都怎麼稱呼她？」

嗯……。他苦笑著。

「通常我不會主動叫她。不過我會暗自在心裡稱呼她『掌心大人』。」

「掌心大人」。

這樣啊。

那以後我也這樣叫吧。

「不過呢……」

二宮先生深深吐出一口氣。

「這麼一來我隨時都可以退休了。」

「什麼？退休？」

「我都已經七十五了啊。現在以契約員工的身分管理這間『保管室』，但也不知道身體能撐到什麼時候。」

「不要這樣說啦。」

請你一直待在這裡吧。二宮先生不在怎麼行？我們會很想你的。

但事實上也不可能這樣。

「我一直希望在退休之前把這件事告訴其他人。讓其他人知道『掌心地藏』在這裡。」

而我知道了。

在他說之前，我已經見過了她。

「但是既然都已經撥了預算像這樣妥善保管，這應該不是什麼秘密吧？」

「那當然。雖然可能很多人還不知道，但該知道的人都知道。不過這畢竟並不屬於『失物招領處』職員的管理業務範圍。」

「所以沒有人會負責？」

「沒有錯。雖然只是每天給神龕換水，一星期打掃一次神社而已。」

二宮先生說，只要知道地藏菩薩在這裡、不忘記這件事，把這件事傳下去就行了。

「我知道了。」

我來接下這份工作吧。

「我會好好做的。」

「那真是太好了。」

二宮先生露出了微笑。

但如果可以，我還是希望他身體健康，一直一直留下來。

二宮先生。

其實該不會二宮先生才是「掌心地藏」，她只是跟在身邊的九十九神？

我這個人就喜歡這類故事。

繭居族與大叔

這些孩子每天都會穿過家門前那座小公園去上學。

幼兒園的時候娃娃車剛好停在家門前，會跟附近小孩一起搭車，不會穿過公園。

上小學之後開始穿過公園。並不是因為這樣比較快，我猜單純是因為這樣比較好玩吧。

純粹是因為快步衝過每天都會來玩耍的公園去上學，覺得開心吧。不過上了國中之後就不太這麼做了。

公園裡有沙坑，有章魚形狀的溜滑梯、兩架鞦韆，還有三座單槓。還有不知道那叫什麼名字，像馬一樣下面裝了彈簧的遊具。對，也有很多長凳。

周圍種了很多棵大樹，其中一棵是櫻花，季節到了就會綻放粉紅色的花，還會結實，麻雀經常會來吃，很多果梗都掉在櫻花樹下。

有個大叔會餵給麻雀或其他野鳥飼料，應該就住在附近，我們都叫他鳥大叔，一定是因為大叔會給飼料，才會吸引這麼多野鳥，因為附近總可以聽到鳥叫聲。我喜歡動物，鳥大叔在的時候，經過公園時經常會找他說話。

面積大概多少呢？

我沒想過這裡可能是多少平方公尺，長邊大概十五公尺、不，應該有二十公尺吧。短邊大概十公尺左右吧。

可能並不算小，不過也沒多大。假如周圍有房屋，大概是三間房屋連排左右的大小吧。

「活力公園」。

記得好像叫這個名字。

總之公園就在我家門前，從我二樓的房間幾乎可以俯瞰整座公園。

這裡不只小孩會來玩。公園對面那條大馬路上有很多商店或公司，中午時會有幾個上班族、粉領族來到公園長凳吃便當。傍晚時還會有放學的高中情侶會坐在溜滑梯上聊天。

到了深夜，疲憊不堪的中年大叔什麼也不做，只是坐在長凳上仰望天上的月亮，有時候還有醉漢會在這裡睡到隔天早上。

夏天的晚上還曾經有派出所巡警來到公園裡，四處奔走逮住在這裡喝酒吵鬧的傢伙。

這裡應該是全日本各個住宅區都可能出現的平凡公園。

而我也是個平凡的男人。

出生之後就住在公園前的這間房子裡，幼兒園到專門學校也都從自家去上學。

我真的一直都住在家裡，完全沒有離家獨居的條件。因為我念的學校都在市內，如果到外地去上大學或許還有機會離家，但是我也沒這個想法。

我沒有什麼目標。對將來的夢想什麼的，一點興趣也沒有。

我現在還記得，小學時在課堂上要寫「將來的夢想」時，看到同學寫出想當偶像、想當足球選手、想開蛋糕店等等，都覺得很不可思議。

難道你們都能飛上天空？

為什麼能肯定自己走的道路可以通往那樣的未來？

我所走的道路，大概只有穿過公園來到大馬路的那一條吧。我覺得徒步可達之處的所有東西，就構成了自己全部的人生。而在我徒步可達的地方，並沒有足球選手或者偶像。雖然有蛋糕店啦，但也就這樣而已。

可能我一出生就是這種無趣乏味的人吧。

父親在市內最大的一間建設公司上班，母親在附近購物中心的店家當計時員工。

我是獨生子，沒有兄弟姊妹，家裡不算特別富裕，但也沒吃過什麼苦。想要的遊戲爸媽會在生日時買給我，或者在耶誕節時請耶誕老人送來，每個月也都有零用錢。而且我爸媽本來就喜歡遊戲和漫畫，想要的大概家裡都有了。

目前為止的人生，絕對算不上不幸。

我覺得自己是個出生在幸福家庭裡的孩子。

爸媽偶爾會吵架，但基本上感情很好，不太可能離婚，爸爸公司應該不會倒閉，他們兩人也都沒有得什麼重病。

雖然爸最近擔心自己有糖尿病，之前也動過痔瘡手術，當時確實忙亂了一陣子。對了，還出過一次車禍，不過責任幾乎都在對方身上，也沒有受太嚴重的傷。

我國小、國中、高中都沒有遇到霸凌，班上氣氛總是很和平。所謂和平，並不是指每個人感情都很好，只是每天大家都會各自跟感情好的人玩在一起而已。

特別到了高中更是如此。所以老實說，即使是三年級的同學，有些人我也忘了名字，甚至一開始就沒記住過。

反而是國中同學感情都不錯，有些人現在還會見面。

對，因為大家都住得近，很多都是一起在那公園裡玩過的人。彼此的父母親也都住在附近，大部分都互相認識。

專門學校畢業後我去考了公務員，之後到市公所上班。我覺得自己運氣很不錯。

住在附近的國中同學因為上的都是不同高中，後來就真的四散各方沒有再聯絡。

有些到外地上了大學，也有的高中畢業後馬上出社會工作，離家很遠。

還有些女同學結婚後去了其他城市。大家真的四散各方，可能有些人已經不知道現在在哪裡、在做什麼了。

我在市公所被分配到都市建設課的公園科。

哇，是公園耶！知道時我還笑了。

我覺得好像挺合理的。

原來我一直看著自己家門前的公園、在公園裡奔跑就是因為這樣啊。我要走的道路，果然就在這裡。

這份工作名符其實，負責管理市內的公園。

當然啦，我並不會因此直接去管理自己家門前的公園。市內有很多大型自然公園，數量還不少，我沒有機會直接管理自家門前的公園，也就是到現場進行調查。

但我心裡也想過，說不定將來會有機會，輪到我得回自己家門前調查這座公園。

「佐藤他啊，」

母親吃晚餐時提起了這個話題。

「佐藤？」

「就是住對面的佐藤俊治啊。」

「喔喔。」

俊治。

說對面，其實我家玄關正對著公園，應該是住在斜對面右邊那戶的佐藤俊治。

「俊治怎麼了？」

「怎麼了？他不是繭居在家都不出門嗎？」

「啊？」

繭居？

「我不知道。」

「不知道？你們不是幼兒園就開始一直玩在一起，怎麼會不知道呢？」

怎麼會不知道，這……

「我又沒有跟俊治同班過。」

小時候我們確實經常在公園一起玩，但是我們不同班，也不是同一個社團，後來還上了不同高中。

「妳說他都在家不出門？」

「對啊。」

「什麼時候開始的？」

「聽說是上高中之後左右吧。」

「為什麼啊？」

「這我怎麼知道。你沒跟他聊過嗎？聽說好不容易考上的高中他也幾乎沒去呢，不過畢業證書倒是想辦法拿到了。在那之後什麼也沒做，但是聽說他最近開始有上大學的念頭了。」

這樣啊。

我完全不知道。

現在要開始上大學嗎？

假如明年考上就等於重考了三年吧。不過如果是好的大學或者知名的藝術大學，這好像也沒什麼特別的，不算什麼大事。

原來他一直繭居在家啊。

俊治從來沒有給我這樣的印象。

我記得不是很清楚，但是他不管小學或國中成績應該都很好，而且運動會的時候跑得很快，對了，他小學時就超擅長運動的。

至少在我心裡，他完全不像個會躲在家裡不出門的人。

「想想好像很久沒見到他了。」

「你明天不用上班吧？」

「不用。」

公務員可以有完整週休二日。市公所裡有些部門採輪班制，但我們公園科可以週休。

「去跟他聊聊吧？俊治好像都在家裡喔。」

「為什麼？」

「為什麼？你們不是朋友嗎？而且你是公園科的吧？俊治房間跟你一樣，在二樓剛好面對公園。你在公園裡做事俊治都看在眼裡的。」

完全聽不懂媽的邏輯。

因為我們是朋友，這一點我還勉強可以理解。

「我又不會因為是公園科，就一直待在前面的公園裡對吧？要來這邊進行定期調查也是很久以後的事啦。」

「是嗎？你不是一直待在公園裡嗎？」

「你看過一直待在公園裡的人嗎？」

「『活力公園』裡就有啊，看起來很像公園科的人。」

對了，聽她這麼一說我想起來了。

鳥大叔。

我眼前出現了在「活力公園」裡餵食野鳥、打掃的大叔。我並不知道他是誰。應該是住在附近的人吧？我從來沒確認過。但是他也會跟其他大人聊天，所以一直覺得他肯定是町內的人。

「鳥大叔還會來嗎？」

「會啊，你不知道嗎？」

「不知道啊。我白天幾乎都不在家啊。」

也對，母親點點頭。

「我們附近的鳥一隻隻都長得肥滋滋的。一定是因為他餵的飼料。」

怎麼可能？不過說不定還真是這樣。

「那個鳥大叔是哪裡人啊？」

「我不知道啊。」

「啊，為什麼不知道？」

「哪有為什麼，一定是町內的人沒錯啦，但我也不知道他叫什麼名字，又沒有經常聊天。」

是嗎？是這樣的嗎？

我走出家門，想去看看俊治。

反正沒什麼事，再加上母親說過，她在公園見到了好幾年不見的俊治，他還問起了我。

所以媽才會知道他想去念大學這件事。不過之前俊治的母親去買東西時也跟媽見過面，當時媽就聽她開心地說起兒子終於願意外出這件事。

一出家門就是公園。走進公園，馬上就能看見俊治房間的窗戶。我記得應該是那裡。很久以前好像去過他房間一次。

穿過公園，一邊尋找鳥大叔的身影，但他今天好像不在。我聽到麻雀的聲音，還有其他的鳥叫聲，但我分辨不出是什麼種類的鳥。

還有貓，正躺在章魚溜滑梯上睡覺。那是誰家養的貓嗎？還是地方上的流浪貓？我也不清楚。

不過附近確實有這樣的流浪貓，我記得媽她們還辦過類似的活動。發現不確定有沒有人養的貓，幫忙做絕育手術，然後給牠們飼料吃。費用從町內會費支出。媽說，這些都是在町內會的大會上大家一起決定的。當然在會議上一定也決定了要打掃貓糞狗糞這些事。

我在俊治家門前抬頭看向二樓，發現窗戶開著。

「勇利。」

俊治笑著叫了我。

「我現在過去那邊。」

他指向公園的長凳，我點點頭。

「真的很久沒見了吧？」

「就是啊。」

俊治一點都沒變。雖然我對他只有中學時的印象，但他現在看起來比以前帥多了。

他身上穿著白襯衫、黑色緊身牛仔褲，還有很帥的皮涼鞋。一點也不像個繭居族。

「聽說你現在在市公所上班？公園科？」

「對啊，聽我媽說的？」

「對，她說你會負責打掃這個公園，請多多指教。」

我笑了。確實會打掃，但會是委託的業者來掃，怎麼可能是我。

「我不會掃啦，只負責管理而已。」

「我想也是。」

我聞到一股好聞的洗髮精味道。

「我現在每天早上都會淋浴。」

「喔。」

「之前很長一段時間都沒好好洗澡。」

「沒洗澡？」

「對啊，我關在家裡很久沒出門。」

「聽說了。我之前都不知道。」

「畢竟我們沒上同一所高中啊。」

話是沒錯，但我現在跟他面對面還是很難相信。俊治完全是我之前印象中的樣子。

「我還聽說你打算上大學？」

嗯。他點點頭，看起來有點開心。

「雖然晚了很多。」

「其實也不算太遲。」

我真心這麼想。

「俊治腦袋這麼好，這樣讓一點分也差不多吧？」

「讓分？」

「對啊，相對於像我這種平凡的同學。」

他歪了歪脖子苦笑著。

「這樣嗎？」

「現在開始也一點都不晚啦。」

也對。他點點頭。

「我聽說你進了市公所，負責公園管理的工作之後，一直很想找你聊聊。」

「為什麼？」

不、見面當然一點問題都沒有，我們本來就是朋友，又是住得近的同學。

「先不管之前我為什麼躲在家不出門，我很想跟你說說讓我走出家門的原因。」

「原因？」

他環望公園一圈。

「今天好像還沒有來，你記得鳥大叔吧？」

「當然記得。」

我想也是。他站起身來

「一起散散步吧，我慢慢告訴你。有時間嗎？」

「有啊。」

我們開始散步。

「要去哪？」

「去『友愛公園』。」

「友愛公園」？那是附近另一座公園，就在小學對面那邊。因為不在我跟俊治上學會經過的路上，我們很少去那裡玩。

「去做什麼？」

「去了我再告訴你。」

我們一邊走，俊治一邊看著四周。

「跟小時候相比，不覺得這裡變得很老舊嗎？」

「嗯，確實。」

不管街區或公園都是。

我家蓋好大概二十多年了，確實很多地方都慢慢出現問題。進了都市建設課之後，站在不同角度來看街區，也發現空屋增加了不少。

「真的變得很老舊。」

「空屋變多了。我們小時候不是還聽說附近可能要蓋超市嗎？那個計畫好像也夭折了。」

「對耶，以前聽過這件事。」

「所以這附近的人口愈來愈少，也沒蓋什麼新房子。其實在我們那個年代人口就開始外流，如果家裡只有獨生子女，現在可能只剩下夫婦兩個人在這裡生活。」

「就是啊。」

「再過十年，這裡可能只剩下老人了。這麼一來這裡就會愈來愈冷清。」

「沒錯。」

「因為愈來愈多人不在乎街區的發展。」

我們走到「友愛公園」。真的好久沒來了。

「我可能小學之後就沒來過了吧。」

聽我這麼說，俊治也點點頭。

「我也是。怎麼樣，有沒有發現什麼？從公園科的角度來看的話？」

荒廢蕭條。

「一眼就可以看出來，跟『活力公園』完全不一樣。」

「對吧？」

為什麼呢？這附近的環境跟我家附近沒有太大不同，都屬於新興住宅區，以前也有很多小孩子的啊？

為什麼會有這麼大的不同呢？

「這種公園不會永遠有管理員看管吧？」

「每個地方不一樣啦。」

但這附近的公園確實沒有。負責管理的是市公所。定期打掃大概每年一次。

「畢竟雜草會不斷生長，公園裡沒有垃圾桶，但總是會有人丟垃圾。町內會雖然會打掃，但是頂多半年一到兩次吧。」

「通常是這樣沒錯。」

我小時候也參加過町內會的打掃活動。決定打掃的那天早上，町內會的人會聚集在一起撿垃圾。記得還撿了不少。

「都是因為鳥大叔。」

「鳥大叔？」

「從我們念幼兒園的時候，他就經常來公園吧？來餵鳥什麼的。」

「對啊。」

「最近看過他嗎？」

沒有。也不記得最後一次看到他是什麼時候了。

「大概是國中左右吧。」

「我不久之前看過他。在家不出門的時候總是可以從窗口看見鳥大叔到公園來，餵飼料給鳥吃。然後他會打掃善後，因為鳥糞會掉在附近。」

「喔？」

這我記得，他總是會把環境打掃乾淨。

「附近的人也會來看鳥，大家會跟他一樣開始打掃。大叔還會打掃遊具、拔掉雜草。附近的人看了之後也會學他，做一樣的事，沒事就來打掃清潔、檢查設備什麼的。大家會自發地做這些事。」

「是嗎？」

所以「活力公園」才沒有荒廢嗎？因為大家都會自主地打掃。

「鳥來了之後，半養半放的貓也會來。然後喜歡鳥、喜歡動物的人都會到公園來。來了之後大家為了能在這裡過得舒適，自然而然會整理乾淨。孩子們也玩得開心。這裡成為大家休憩的好去處。」

原來是這樣啊。

「因為有了鳥大叔，大家可以變得幸福。不覺得這很厲害嗎？」

「真的耶。」

我從來沒想過這個問題，但是看到眼前這個公園的狀況，我覺得非常有道理。

「我一直在觀察鳥大叔，我發現他完全不會變老。」

「不會變老？」

「從我們念幼兒園的時候，他就一直是現在這個樣子，你不覺得他好像神一樣嗎？」

「像神？」

「比方說福神，其實我也不清楚。」

我知道他很認真在說這件事。

「我為了想知道他住哪裡，曾經跟蹤過他。」

「哦？結果呢？」

「一無所獲。這住宅區明明這麼小，但我每次都會跟丟，就好像他走著走著就突然消失了一樣。」

跟丟了嗎？

「但如果他轉個彎就走進某間房子裡，那確實很容易跟丟吧？」

「話是沒錯啦。」

俊治點點頭笑了。

「但是我之所以走出家門，也是因為好奇鳥大叔到底是何方神聖？就是因為這個。」

「是嗎？」

「我自己也覺得好笑，也根本不是什麼大不了的事。所以對我來說，鳥大叔就像神一樣。」

是嗎？

嗯。

「可能真的是這樣吧。」

這樣想讓人開心多了。

「我覺得管理公園是一份很好的工作，非常適合你。」

「是嗎？」

「你一定要讓每個公園變得更好喔。這樣說雖然有點誇張，但是我相信公園變好了之後，這個世界也能變得更好。」

世界嗎？

讓世界變得更好。

「可能真是這樣吧。」

☆

河西小姐是我的前輩，也是我上司。

河西淑子小姐。

我沒問過她年齡，但聽說她今年四十歲，目前單身。我當然不想打探上司的私生活，不過我一直以為從事這種工作的多半是男性，所以有點意外。

我跟河西小姐搭檔，第一次開車進行公園的定期巡檢。名單中也有我家門前的「活力公園」。

我們將車子停在公園邊。

「我家就在那裡。」

我手指指向自家。現在依然從這個老家通勤到市公所上班。老家，通常只有離家獨居的人會用這兩個字來形容，所以我總是避免這麼說。

哇。河西小姐微笑著。

「真的就在眼前耶。」

「就是啊。」

嗯～河西小姐帶著笑，一邊環顧四周。

我告訴過她鳥大叔的事。我說巡檢名單中有個公園就在我家門前，我還把俊治跟我說的那些話也告訴了她。
「這裡真的是個好公園呢。」
河西小姐點點頭。
「雖然是個什麼都沒有、位在相當相當平凡住宅區裡的公園，但是這裡的空氣很乾淨。」
「空氣嗎？」
嗯。她點點頭。
「一定是那位鳥大叔召喚來野鳥，還有附近的鄰居，讓大家常常來到這個公園的關係吧。」
她看著我。
「一間沒有人住的房子，沒過多久就會變得很冷清，對吧？」
「對。」
空房子真的是這樣。
「那是因為如同字面沒有了人氣，所以建築物也跟著死了。很不可思議，一旦沒有人，一個地方存在的一切東西就會自然而然變得蕭條。公園也是一樣。沒有人去的公園，很快就會荒廢。看到這麼冷清的氣氛周圍的人也不會想去，形成惡性循環。」

「然後放在那裡的遊具就會長滿鐵鏽。」

「沒有錯。沒人碰觸的東西都會很快荒廢。說不定這座『活力公園』經常有神光臨呢。例如帶給附近居民福氣的福神。」

「福氣？」

對啊。說著，她走進了公園，我也跟她一起進去。我看了一眼俊治房間的窗戶，他現在應該在準備考大學吧，可能正在圖書館或者補習班全力衝刺。

「你覺得什麼是福氣？」

河西小姐看著我，這麼問道。

福氣嗎？

「應該是幸福吧，可以讓一個人變得幸福，這大概就是福氣吧。」

「沒有錯。其實不一定只有中彩券或者賺很多錢才叫有福氣。你朋友應該也很有福氣吧？他母親現在很開心對嗎？」

「是啊。」

媽說了，最近俊治的母親變得開朗多了。

「另外還有住在公園附近的所有人，雖然都是些小事，但是每天也都有一點點福氣。早上可以聽著鳥叫聲醒來是一種福氣。小孩能在乾淨的公園裡玩，當然也是福氣。這些事一件一件加起來，一個家庭能夠永遠平安順利，不就是很大的福氣了嗎？」

真的一點也沒錯。

「從事這份工作，偶爾會聽見這類故事。」

「是嗎？」

她笑著點點頭。

「總是會出現某個人。在我們管理範圍以外的地方，一個乾淨舒適的公園裡，一定會出現這種人。這樣的人就住在街區裡。」

住在附近。

「是一位住在街區裡，帶給大家舒適心情的神呢。」

上次跟俊治聊過之後，我一直心想有沒有機會遇到他，但遲遲沒有機會。

鳥大叔，該不會就是福神？

如果再有機會見到，我一定要跟他好好聊一聊。

孩子是風之子

「喔！」

從超市回家的路上，突然有個東西從後面撞上我的腳。驚叫一聲後馬上往身後、不，往下看。

剛好跟我一起離開超市，走在我前面不遠的上班族先生也驚訝地看著我。當然，我完全不認識對方。

人類的大腦真的很厲害，驚訝的同時還能馬上判斷是什麼東西撞了上來。

一定是走路沒看前面才撞上了我的腳吧。在跟朋友玩你追我趕的遊戲嗎？

「沒事吧？」

大概幾歲呢？可能小學一年級或二年級吧，總之是低學年。頭髮很長、長得很可愛，是個男孩。身上穿著黃色長袖運動服，還有黑色長褲、紅色運動鞋。

他摔倒在地，不過笑得很開心，馬上爬起來看著我的臉。

「沒事嗎？有沒有哪裡痛？」

我又問了一次，但他只是對著我笑。

看起來很開心。是覺得跌倒很高興、很開心嗎？

小孩子就是這樣吧。看起來應該沒受傷，而且一跌倒我馬上就看到了他。並沒有太嚴重，只是摔倒在地上而已。

這孩子看起來很面生。當然我本來就不可能記得住在附近小孩的長相。

「你爸爸媽媽呢？」

看看周圍並沒有看起來像他爸媽的大人。

剛剛那個看起來像上班族的人已經不在了。他可能覺得反正跟自己沒關係，好像也沒受傷，就這樣離開了吧？

就在我這麼想的那一瞬間，感覺有隻小手「啪啪」輕拍了我大腿附近，然後那男孩子拔腿就跑。

流暢的奔跑，讓我腦中立刻浮現起「刷！」這個擬態詞。

「姿勢真漂亮。」

離開前他難為情地笑了。

剛剛拍那一下是想表達「對不起撞到妳了」嗎?可能是個活潑但害羞的男孩吧。我也忍不住露出了笑容。

但是他跑得真的好快啊。

一轉眼工夫,那小小的背影看起來就像一顆小豆子一樣,然後彎過街角消失了身影。

「真厲害。」

這個年紀就跑得這麼快,感覺未來可期。

已經是很久很久以前的事了,我國高中都是田徑隊的,練短距離。百米我還拿過縣大會第一名。算是個備受矚目的選手。

所有運動項目我都很喜歡。開始工作之後只能偶爾打打業餘棒球,但不管足球、籃球、花式溜冰,只要是運動我都喜歡。看電視上的體育賽事轉播也是我的興趣之一。

現在也是。退休之後我幾乎一整天都在看運動轉播。

這個時代真好,以前看不到的運動比賽只要上網就能看到各式各樣的節目，而且幾乎一整天都有得看。

我也曾經夢想過，如果能夠擁有另一個人生，希望能成為某種運動選手，退休之後當個解說員。

我繼續往前走。

確認了一下放在購物袋裡的豆腐有沒有被撞碎。那孩子沒撞到購物袋。

「不過那孩子還真是厲害。」

一邊走一邊在腦中回想剛剛飛奔而去的男孩子，再次覺得驚訝。相當流暢。不管是手腳動作或者身體平衡，都沒有一點失衡。

該不會他父母親是什麼運動選手，那孩子也從小就在鍛鍊某項運動？對，例如體操之類的。

我之前就經常想，如果想讓孩子練體育最好先上體操教室。體操可以鍛鍊身體的平衡感，還能鍛鍊體魄。透過體操鍛鍊好體魄跟平衡感，之後不管練什麼運動項目都能有突出的表現。以前有個曾經獲選為日本足球代表的選手從小練體操，身體平衡感相當優異。他空戰無敵手，就算被對方緊迫盯人或鏟球，憑藉優異的體幹也幾乎沒輸過。

不過能不能真正成為出色的運動選手，還是要看一個人的特質和球感。

我很期待再過十幾年，可以在某個大會上看到那孩子長大後的身影。想到這裡不禁彎起了嘴角。

他的長相我記得很清楚，是個可愛的男孩。

路樹的樹葉沙沙作響，還能聽到枝椏被吹彎的聲音。

「起風了呢。」

天氣預報今晚有強風。有些地方還發布了警報。雖然沒有颱風，但這個時期偶爾會吹起這樣的風。

我已經不需要外出工作，但還是會很在意每天的風勢，大概是職業病吧。可能到我死之前，都會像這樣每天下意識地注意風或者天候吧。

像今天這種風勢對港口的吊車作業應該影響不大吧。

風速十二公尺以內都能從容因應。必須判斷要不要中止作業的大概是十三到十四公尺，這時候就得看負責吊車的人技術如何。

假如處理不當，作業效率當然會下降，之後的工作進度也會變得很緊繃。

不知道這些的人當然不會懂，不過用搬運貨櫃的作業，並不是由吊車司機一個人完成的。有在港口以及船甲板上進行指示跟確認的人，有開大型卡車將貨櫃運到吊車正下方的司機，所有人如果不齊心合力，就會降低作業效率，有時候搬運一百個貨櫃的時間到頭來只能搬運八十個左右。

以一般行政作業來看，就等於今天原本能完成的資料製作到一半就沒有時間，只能拖到明天。或者是得加班。

我腦中浮現起同事還有後輩們身穿作業服的身影。在退休之前我視力都沒有恢復，雖然對日常生活沒有太大影響，但工作上已經無法勝任任何一項作業，現在已經退休兩年了。

我想大家在作業時也已經不會再想起我了吧。

回公寓後，我在三樓走廊發現了一個之前沒看過的鮮豔東西。就放在我房間前。起初我以為是小孩的三輪車之類的東西。我現在看遠處的東西都朦朦朧朧的。走近一看，才終於知道不是東西，是個人。

我踩著吱嘎作響的生鏽鐵階梯上樓之後，這才看清楚。

這不是剛剛那孩子嗎？

撞上我的那孩子。

所以真的是住在附近的孩子？

另外還有一個女孩。跟他穿著類似的黃色襯衫還有很貼身的運動長褲、紅色運動鞋。兩人身上的配色很像。

是兄妹嗎？女孩體型看起來比男孩小，是妹妹。兩人就坐在我家門前。

「你好。」

兩人聽了都甜甜笑了起來。

然後男孩先對我點點頭。

剛剛也是這樣，好像都沒聽到這孩子說話的聲音。該不會沒辦法出聲？

那女孩呢？這女孩也長得很可愛。那是叫雙馬尾嗎？綁著這樣的髮型。綁頭髮用的鮮紅緞帶鮮豔地映在眼中。

附近沒有其他大人。

一個人也沒有。

「你們住在這棟公寓嗎？」

我以前沒見過他們，不過這棟舊公寓總共有兩棟並排而建，戶數有二十戶左右吧。我已經住在這裡十八年了，如果是在我沒注意之下新搬來的陌生孩子也不奇怪。再說我本來就不清楚這裡都住著些什麼樣的人。

這兩個孩子都笑咪咪的，但是並不回答我的問題。他們有點開心地搖晃著身體，歪著脖子。

看樣子果然發不出聲音啊。不能說話嗎？從他們的反應看來，耳朵應該聽得見，懂得讀唇語嗎？

是誰家的孩子呢？

我面對面打過招呼的應該只有這條走廊上田中家、南家跟吉川家，還有對面那棟的市川家。其他還有兩三戶我不知道姓名，但經常打照面，除此之外我幾乎不認識，一無所知。

「這裡是我家喔。」

我指向家門，他們兩人同時轉過身看著那扇門，然後咻的一聲迅速站起來。幾乎是同一時間。

我聽到風吹動階梯的聲音，風又變強了。風吹過這道走廊時，好像都會加速通過。隨意把東西放在走廊上，有時還會被吹走。

他們兩人很開心地笑著。是覺得身體快被風吹跑的感覺很好玩嗎？現在放春假嗎？對，小學一定放假了，所以才能這樣沒有大人陪同來外面玩。

「你們要去哪裡？我要回去了喔。」

我刻意直盯著他們的臉，放慢說話的速度，讓他們看清楚我的唇型。他們還是什麼也不說，只是一臉開心，露出甜甜的笑容。

就好像很期待能跟我一起回家一樣。

我不能讓他們進屋。世風日下，隨便關照陌生人的孩子，搞不好會被檢舉成綁架或詐騙。

等等。

（該不會……）

這兩個孩子該不會受到虐待了吧？雖然說看起來不像，但會不會是來求救的？

看起來並沒有瘀青也沒有受傷。難道是被衣服遮住了？不過我也不好在這裡要他們翻開衣服給我看。要是這麼做可能會被懷疑是戀童癖被逮捕。

「你們不會說話嗎？」

他們笑著，在我家門前開心地跳躍。

到底是出於什麼理由、什麼情況，讓他們來到這裡呢？他們感覺有點黏著我，一定也有什麼理由。

總不能冰冰冷冷地叫他們走開，又還不至於到打電話報警的地步。

「好，那我要開門了。你們可以進來，但是我會把門打開。」

以這個時期來說今天氣溫很高。剛剛穿了夾克外出買東西，現在已經有點出汗。既然天氣不冷，應該可以吧。再說只要把門打開，萬一發生什麼事也好說明，大大方方證明我沒有誘拐未成年小孩。

打開門鎖後，把門敞開。他們兩個真的是跳進屋裡，一點也不誇張，真的像飛起來一樣，猛衝進我家裡。

「喂喂喂。」

別撞到了啊。首先我得找個東西擋住，免得風一吹門就關上了。鋼頭鞋可以嗎？不，這重量應該抵擋不住強風。對了，我買了整箱的啤酒。進門後馬上就是廚房，我把放在廚房一角的啤酒箱搬過來，當作門擋。

「你們看。」

我轉頭看看孩子們。

不見了。

「咦？」

我家很小，廚房後面是客廳、還有一間房間。他們進了臥室嗎？不對啊，臥室的紙門關著呢。

我急忙拉開紙門。

「去哪裡了？」

沒看到他們。

但是卻能聽到笑聲。

壁櫃？

拉開壁櫃。這裡本來是放棉被的空間，現在棉被也還在，但他們兩人卻出現在這裡，突然跳了出來，很開心地笑著。

他們是怎麼鑽進紙門跟棉被之間的空隙的？而且又是什麼時候進去的？

「別吵啊，樓下的人會生氣的。」

等等。

剛剛他們從壁櫃裡跳出來，但是卻完全沒發出腳步聲吧？身體到底有多輕盈？

難道是馬戲團的孩子？

以前在紀實節目裡看過，生活在馬戲團的孩子們。那些經常轉學、沒什麼朋友的孩子。練習馬戲團的雜技必然會身輕如燕，再加上在馬戲團工作，跟很多大人一起生活，又會接觸到客人，所以這樣的孩子通常都不怕生。

他們就是這樣的孩子嗎？

「咦？」

多了一個人。

這次是個更小的孩子。很明顯大約是幼兒園左右的年紀。看不太出來是男孩還是女孩，剪齊的娃娃頭，穿著紅色連身褲裝。這孩子乖乖坐在廚房餐椅上。

他看著我，彎起嘴角笑。

「你好。」

說話了。這孩子會說話啊。

不過這些孩子到底是怎麼搞的？

「你……」

我看看客廳，那兩個孩子擅自打開窗戶，全身迎著從窗戶吹進來再從玄關出去的風，看起來十分享受。好像正仰望著天空。在看什麼嗎？

「你是他們的……」

一時不知該從何問起。已經記不得上一次跟這麼小的孩子說話是什麼時候了。

「你們都是兄弟姊妹嗎？」

「嗯。」

他點點頭，回答了我。太好了。對話終於成立。明明他是最小的孩子啊。

「是你哥哥姊姊嗎？」

「對。」

「這樣啊，你們為什麼來這裡？什麼時候來的？」

「剛剛，有人叫我們來。」

叫來的？

誰？

「可以喝果汁嗎？」

他指著冰箱。

「啊，抱歉，我家沒有果汁。」

家裡能讓小孩子喝的只有水，頂多日本茶吧。

「有啊。」

「有？」

「那邊有很多啊。」

他又指向冰箱。這個不太適合獨居老人，比較適合全家人用的大冰箱，是十多年前公司上司給我的二手貨。已經將近二十年，現在還能用。

「不，沒有啦。」

打開冰箱。

「怎麼回事？」

我忍不住往後一退。

冰箱裡塞滿了食材。不、豈止是食材，還有點心、果汁等等，總之密密麻麻塞滿了各種東西。塞得這麼滿，本來就已經夠老舊、冷藏效能不好的冰箱，可能效能更差了吧。

不對，不是這個問題。

我冰箱總是空蕩蕩的。每次頂多只會買兩三天份的食材。今天去超市也只買了雞蛋、豆腐、蔥、烏龍麵和韓國泡菜。

煮好白飯之後，用剩下的豬肉和白菜、高麗菜，還有一點培根，這樣大概可以過兩三天，不、一個星期應該沒問題。

可是現在我的冰箱裡，卻塞滿了大概可以在家閉關一個月左右的食材。

「蔬菜室呢？」

裡面有好多蔬菜。番茄的紅豔格外醒目。

「冷凍室也是？」

冷凍室裡整整齊齊塞滿了冷凍食品，就像店員擺放的一樣。裡面有煎餃之類的，還有肉包。

這是魔法嗎？

這些孩子們是魔法師嗎？

我確實是個年過六旬的老人，旁人眼裡看來如此，自己也已經到了可以大方承認的年齡，但我也是看過超人力霸王的。更老的我也看過。什麼原子超空人、宇宙王牌、太空男孩索蘭，還有忍者部隊月光。怪奇大作戰算是比較新的了。

不管是魔法、超能力、宇宙人，還是超自然現象什麼的，我的身心都很能接受，不管什麼情況都可以立刻理解，但是……

「這是你們帶來的嗎？」

這不是魔法也不是超能力。

現實中不會有那種東西。

如果不會有，那就表示現在發生在這裡的現象，是這些孩子或者跟這些孩子相關的人運用某種手段所引起的，具體來說就是將食材帶進了我家。

現在在窗邊的男孩跟女孩，剛剛坐在我家門前。

說不定當時他們就已經偷跑進我房間，把這些東西裝進了冰箱。這樣想可能還比較自然，除此之外沒有其他方法。

雖然我完全不懂他們為什麼要這麼做。

看來也不是什麼整人遊戲，假如說是哪個有錢人在玩這種遊戲，好像也不是完全不可能。可能是某個YouTuber，現在正在某個地方偷偷錄影。那些人幾乎都走故意爆料的路線。

「很好喝喔。」

嗯，已經在喝了。蘋果果汁嗎？

「大叔你也可以喝喜歡的東西喔，那邊還有酒。」

酒？

那邊？

櫥櫃上放著威士忌等酒類的瓶子。我不記得自己買過這些。那不是白蘭地嗎？地上還擺著日本酒的一升瓶，有越乃寒梅。

「飯跟點心，都可以儘管吃喔。」

他很開心、很高興地笑著。不知不覺中，剛剛在窗邊的男孩跟女孩也進了廚房來吃點心。

「一起吃吧。」

我開始頭痛。

不知道該從何吐槽起。這麼小的孩子，我真不知道該問什麼、從何問起。

接下來我該怎麼辦？

該做什麼才好？

我該說：「好！既然有這麼多肉，今天晚上我們一起來吃壽喜燒吧！」讓這些孩子開心嗎？

頭真的愈來愈痛。

感覺身體發涼。

風變冷了嗎？畢竟玄關和窗戶都開著，風呼呼穿過家裡。寒氣從我腳下傳到全身。我開始發抖。

「那個……」

糟了。牙齒不住打顫。看來真的發燒了。我人生中只有過一兩次突然發燒昏倒的經驗。這到底怎麼回事？

「我要鋪床睡覺了喔。」

趕快吃感冒藥、營養飲料。不，家裡有小孩。應該先打一一九叫救護車，順便叫警察才對……

☆

棉被。

我躺在棉被裡。聞起來是自己棉被的味道，我睜開眼睛。這天花板也是我房間的天花板。

我睡著了？對了，我睡了。是自己鋪的床。

不、沒有鋪床的印象。

就在我這麼想的時候，發現有一股好聞的香味。不是棉被，是女人的、類似香水的香味。

轉頭望向旁邊，身邊坐著一個女人，就坐在臥床的我身邊。

護理師？

我叫了救護車嗎？

「啊。」

女性彎嘴微笑，看著我。

「醒了啊。」

「那個……」

我腦袋很清醒。對，我剛剛渾身發冷、發了燒，幾乎無法站立。

在那之後就沒有記憶了。

我連忙撐起身體。等等，有女人在我怎麼穿成這樣？

睡衣。而且還不是我的，是料子感覺很貴的新睡衣。

「好像已經退燒了。肚子應該餓了吧？」

「肚子？」

這麼說確實是餓了，而且身體覺得輕鬆不少。剛剛那股以為自己快沒命的寒氣跟熱度都不見了。就好像熟睡過後的早晨一樣，神清氣爽。

「請問妳是？」

本來以為是護理師，但是她沒穿護理師服。衣服雖然是白色的，不過是感覺很優雅的寬鬆襯衫搭配奶油色一樣寬鬆的長褲。整體來說真的很優雅，感覺就像哪裡的名媛一樣。

年紀我看不出來。可能是三十多，也像是六十多，不、現在這張微笑的臉看起來也像二十多歲。

「有焗烤呢。雖然是冷凍食品，不過很好吃喔。要不要吃？你應該很想吃吧？」

焗烤。

確實想吃。

「我去準備一下，你慢慢起床吧。」

自己家裡的廚房，一個優雅的女人就在我眼前微笑著。那些孩子不知道去哪裡了。回自己家了嗎？

「請用。」

「啊，不好意思。」

「被人盯著一個人吃東西一定很不自在吧，我也一起吃喔。」

「請用請用。」

這應該是那些吧？孩子們帶來放在我冰箱的冷凍食品。雖然不確定該不該吃，但總有種無法拒絕的氣氛。再說我肚子也確實餓了。

好吃。

聽說最近的冷凍食品非常好吃，沒想到竟然這麼厲害。這樣的話我每天都吃冷凍食品也行啊。

「一邊用餐一邊說這些真是很不好意思，真的給你添麻煩了呢。」

「啊？」

麻煩？

這女人……對了，還沒問她姓名，也還沒確認她為什麼會在這裡。

「那些孩子啊。那些孩子跑來給你添了不少麻煩。」

是嗎？所以這女人是那些孩子們的，母親？不、一定不是。但也不是完全沒有這個可能啦。

「您是他們的家長嗎？」

她微微一笑。該怎麼說呢，那微笑美得幾乎不像人。就好像是用電腦繪圖創造出來，完美無瑕的美貌。

「我不是他們的家長。那些孩子是風之子。」

風之子？

風什麼的，所以說是有個這種名字的補習班、設施，還是馬戲團嗎？

「窮神都告訴我了，我就擔心會變成這樣才連忙趕來。果然沒錯，你發燒到快不行了。」

窮神？

這個人到底在說什麼？

我該不會牽扯到什麼危險人物了吧？會不會是新興詐騙集團？但不管是什麼樣的詐騙，我可沒有錢能被騙了。

「妳聽說了什麼？窮神？這是藝名之類的嗎？」

女人稍微瞪大了眼睛。那表情好像在說，你怎麼還沒聽懂？

「窮神說風之子撞到你了啊。」

撞到我？

「那窮神該不會就是那個人吧？那孩子撞到我時剛好在附近的男人？」

喔，這麼說……

那個看起來像上班族的男人。

「好像來買午餐便當的那個人？」

「沒錯。你觀察力很敏銳呢。果然是有這種資質的人。」

哪種資質？

「那個男人是窮神？」

「對，他在附近的公司當業務員。」

窮神是業務員？這如果是搞笑藝人的段子確實挺有意思的，總不會是名字剛好叫窮神吧。

「風之子，你們人類有時候也稱之為『風神』。」

風神。

風的神。

「啊？」

「通常人是絕對看不見風神的，因為是風嘛。但他們化為人形後，看起來是小孩。會撞到你，應該是因為你是跟風非常親近的人。您的工作應該跟風有關吧？」

工作。對，我總是很關心風。光是從吹到臉頰、身體上的風，就能知道現在風速幾公尺。

「這種人非常少，大概百年頂多出現一個吧。」

那些孩子維持這個樣子幾年了？不、應該一直是這個樣子吧？

「所以他們很高興。那些孩子很開心。他們跟其他神不一樣，無法跟人一起生活，發現有人能跟自己玩他們真的很高興，會忍不住想搬很多東西給這個人。包括福氣、災厄，全部都是。風不就是這樣的存在嗎？」

有時候風不吹，也會讓人困擾。但是吹得太過頭也不行。對了，像是颱風，就確實是一種災厄了，甚至可能有人因此而死。但是農作物或者活在自然的動物都需要風。風力發電也是。

風一停滯，人類可能不舒服。聽說稻穗沒有風吹也容易生病。

風會帶來福氣和災厄，確實沒錯。這一點確實是沒錯啦。

風神？窮神？

這個人說這些事說得挺認真的。看起來不像是騙子或者什麼危險人物。現在我可以確定。

那些孩子，是風神。

掌管風的神明。

「我能看得見他們的樣子？」

「沒有錯。不過不要緊，你跟那些孩子交手過一次後，他們就不會再來了。不過之後風可能會更喜歡你，這點還請多多見諒。」

「風會喜歡我，是指我身邊總會有風吹起的意思嗎？」

她微笑著，點點頭。

「就像是輕柔的微風一樣。可能偶爾會在半夜拍打你的窗戶，也可能會『嘿！』地跟你打招呼。這樣他們就可以擁有好心情，開心度過每一天。」

風神心情好，公司那些人應該也不太會在工作中因為風的問題而煩惱吧。這樣聽起來好像不錯。

「所以我會發燒也是因為？」

「因為他們帶來了感冒病毒吧，真是對不起啊。」

「那滿冰箱的食材呢？」

「好像是他們從附近超市帶來的。」

什麼？從超市？

「這算順手牽羊吧？」

「現在拿去還可能會驚動警察，你就收下吧。」

就收下吧，這……

「不要緊。我已經拜託福神去那裡當一陣子計時員工了。」

「計時員工？」

福神是計時員工的大嬸？不、也不知道是大嬸還是大叔。

「福神在的時候那間超市的生意會很好。他們賺的錢一定會多於送貨給你帶來的損失。但再多也沒辦法了。」

風神、窮神，還有福神。

真的有這些神嗎？然後窮神是上班族，現在福神還是計時員工？

「那你……？」

「我很少跟人相處，大家都叫我女神。」

女神。

什麼的女神呢？

「因為給你添了麻煩，趁你睡覺時我打掃了一番。」

「打掃？」

「廚房、廁所，我都打掃得乾乾淨淨、光潔如新。」

以前好像有人唱過一首歌，歌詞提到廁所裡有一位美麗的女神。對了，奶奶也說過，掃帚裡也住著女神。

「所以我稱呼妳女神就可以了嗎？」

「不用稱呼我也無所謂，如果真的要稱呼，請叫我黛德麗吧。」

黛德麗？

「瑪琳．黛德麗[4]嗎？」

對，我一直覺得她很面熟。假如瑪琳．黛德麗是日本人，長得一定就是她這個樣子吧。

「我很喜歡她。雖然機會很少，但是自從她在大銀幕出道之後，只要像這樣需要出現在人前，我就會用類似她的形象出現。」

喜歡她是嗎？女神喜歡瑪琳．黛德麗。這表示女神會看電影？

我忍不住笑了。女神還真有人味呢。

「以後不能見到風神，是不是偶爾能見到黛德麗小姐呢？」

她露出微笑，真的很美的微笑。

---

[4] 德國著名演員、歌手，三〇年代起活躍於好萊塢，演藝生涯長達七十年。

「我也不知道。不過你是能見到風神的罕見人物。說不定在天壽將盡時，死神會貼心地叫我過來呢。」

死神？

也對，死神也是一種神啊。

第七次之神

人長大之後，誰都會有一兩個不可對人言的秘密。

聽過這種說法吧？在小說、電影、漫畫，故事中的出場人物可能有的台詞。

大人可能都會老實地點頭吧。嗯嗯，對，真的是這樣。但是我覺得有些人不用長大，年紀還小就懷抱著秘密。帶進墳墓裡的秘密。這台詞聽起來挺帥的。

我也有這種感覺。

我叫花井幸生。

大家常說，我的名字又好聽又幸福，涵義又好。

我也這麼想。我的名字是母親取的。生下我之後馬上有了命名的靈感。

還有人說，這名字代表可以靠花過著幸福的一生，說不定我很適合開花店，上大學後，我也莫名地開始在一間偶然找到的小花店打工。

前幾天我滿二十歲了，現在大學二年級。

花店打工的工作內容主要是送貨。把要送的花裝進廂型車裡，跑遍市內送花。前陣子剛考了駕照，老闆說等我熟悉之後就讓我一個人跑。在這之前我都坐在前座。

我之前對這一行不熟悉，原來不只是送花束或者觀葉植物。送花到各種婚喪喜慶的場合，也是花店的工作之一。送花去婚禮聽起來很合理，不過我過去從沒想過葬禮上的花，聽了有點驚訝。現在想想，我好像還沒有參加過葬禮。

爺爺奶奶外公外婆都還健在，親朋好友中也還沒有人過世。將來不免會遇到，但是在那之前，我萬萬沒想到會因為幫花店送貨去了這麼多的葬禮會場。

本來在說什麼？

對了，秘密。

我也有一個無法對任何人說的秘密。

不、不止一個，可能是兩個，但是這兩個秘密彼此有關，也算一個吧。

對，彼此相連的秘密，不就像連身裙一樣嗎？對了，將來如果有機會把這件事告訴別人，就說這是連成一件的連身裙秘密吧。

反正說了之後對方也不太可能相信，說不定還會覺得我精神有問題，所以我多半不會說。

秘密就這一樁，但還有另一件事。

其實這件事告訴別人也無所謂，但總覺得有點微妙。

這是發生在我身邊的事件。

這是第七次了。

從國中時期開始，就無法對任何人說的秘密事件。這算是事件嗎？我也不知道該怎麼形容。說意外也有點奇怪。

我經常遇見有人被救助的場面。

你們懂我的意思嗎？

而且真的是在生死邊緣掙扎的人獲救的瞬間

換句話說，有好幾次我都目睹了有人賭命去救人。

這已經是第七次了。

「第七次？」

「對。」

「我還是第一次聽說。」

母親瞪大了她那對本來就很圓的眼睛。她的眼睛真的很圓，就像用圓規畫出來的一樣。

「因為我第一次說啊。」

我躺在醫院病床上。像這樣躺在醫院病床上，我也是第一次。其實一點事也沒有，只是頭撞到了車子的前車窗，為求保險來檢查，住院一天而已。

然後我告訴慌張跑來的母親。

目前為止我沒對任何人說過，我經常遇到有人被救活的這件事。

「那這次也是嗎？」

「對，我又看到有人逃過一劫的場景了。」

雖然不是什麼好事，但這應該算是目前為止最華麗的一次吧。畢竟我可是看到車子從高速公路上掉下來啊。

過去我從來不曾被事故波及而受傷，但是這次不一樣，雖然沒有受傷，還是像這樣得躺在醫院病床上。

「到底怎麼回事？我聽說汽車從高速公路掉下來，壓到下面一般道路的車輛。然後你開的車剛好緊跟在那輛車後面？」

「對啊。」

簡單地說就是這樣。

「是花店的車啦。我今天一個人開車送兩個地方，只有花束。」

我第一次一個人送貨。

「因為就在市內不遠的地方。」

「嗯，這樣剛好，可以練習一個人送貨。」

「對啊。」

打工的詳情我都跟母親說了。媽說我打工的花店她很熟，她還知道那間花店是一對姊弟開的。

「第一間送完之後開上環狀道，正常開著車，也沒有開得特別快。」

應該差不多是法定時速，大概五十公里或者六十公里左右吧，可能快個十公里左右，但這樣也很正常。

「開在我前面的一樣是廂型車，車型很舊，也堆了不少貨，應該也是公司車吧。那輛車在快到紅綠燈前突然緊急煞車。」

我沒開太快，也留了很長的車距，所以並沒有太慌張。當然，我也立刻踩了煞車。

「那一刻我本來猜想可能是有貓狗突然跑出來了吧。」

當時就是這樣停下來的。

「結果駕駛座那邊的車窗馬上打開，司機同時伸出頭手，看著後面的我大喊：『後退！』還一邊揮著手，就像這樣。」

我在病床上實際表演了一番。

後退、快後退！

「到底怎麼了，我還搞不清楚發生了什麼事。經過上個紅綠燈時燈號剛變，所以我後面沒有其他車。又過了一下子其他車才出現。」

「嗯，所以你還有空間可以往後退？」

「對，總之對方看起來很認真，我就後退了。」

打到倒車檔，迅速往後退。那輛廂型車也配合我的車迅速往後退。

「眼看著他幾乎要撞上來，我也一邊注意後方又踩深了油門往後退。就在這時候——」

我聽到了聲音。

平常並不會聽到，過去也不曾聽過的撞擊聲。

什麼東西毀壞崩裂的聲音。

「我不知道發生了什麼事，但人類的五感真的很不可思議，我馬上知道聲音是從上面傳過來的，於是身體往前伸、看了上方。」

「車子掉下來了對吧！」

「對。」

一輛車。

掉了下來。

就像動作片裡的一幕，然後撞上了我前面那輛車的車頂。

不、正確來說。

「妳懂嗎？」

我拿起手機。

「假如這是從高速公路衝出來的那輛轎車，它大概就像這樣撞破隔音牆，衝了出來。」

「那輛轎車就這樣開過來，往前面掉下來？」

「對，如果就這樣掉下來從頭撞上下面的車頂，應該會刺穿吧？這麼一來司機應該很難倖免。」

搞不好……不用搞不好，應該一定會沒命。

「但是我前面那輛廂型車卻在轎車掉下來撞上車頂的那一瞬間往後退了。真的就在要撞上的那零點幾秒之間。所以轎車才沒有這樣被撞穿，而是車底部分掉在廂型車上。」

我平放手機，擺出掉落的樣子。

「沒有從車頭撞上去，而是跟廂型車的車頂平行，『咚！』地掉下去。」

「這樣啊。」

我親眼看到了這個瞬間。掉下來那輛轎車的司機，也奇蹟式地只受了些瘀傷。

「還有，廂型車司機在轎車從高速公路掉下來之前就停下來，對我大喊『後退！』，這明顯表示他知道轎車會掉下來，為了幫助那輛轎車才這麼做的吧？」

我就是知道。

當時我心想，又來了。

「我又看到有人獲救的場面了。」

「等、等一下等一下。」

母親擺擺手阻止我。

「聽你這麼說，開在前面的廂型車司機簡直像有超能力嘛！可以瞬間感知到有意外，還能發揮超常感覺和駕駛技巧，拯救一個原本應該會死的人？」

「對，我也知道妳不會相信啦。」

「我相信啊。雖然相信，但是你該不會見過那廂型車司機七次吧？你是不是覺得，這七次救人的，都是同一個人？」

我有點驚訝。

「媽，妳很懂耶。我本來覺得這件事應該不用說。」

沒有錯。

我目前為止遇過七次本來應該有人喪命，但是最後卻幸運獲救的場面，而我覺得這七次救人的都是同一個人。

「但是媽，我覺得都是同一個人，只是每次的長相都不一樣。」

「不一樣？」

「看起來完全是另一個人。」

第一次是國中的時候。

「當時是個年輕男人。」

第二次是老爺爺，第三次是中年禿頭的男人。

「第四次、第五次、第六次也都是不同人。共通點只有都是男人。這次的廂型車司機也是個中年胖大叔。」

轎車從上面砸下來，那個大叔坐在車裡卻毫髮無傷。雖然我並不知道他是誰。

「警察正在調查，應該能查出是誰吧。」

「明明外表看起來都不一樣，為什麼你會覺得是同一個人？」

「不知道，只是有這種感覺而已。」

媽很認真地聽，盯著我看。

「為什麼這次會想告訴我這件事？」

「就覺得都被送進醫院了，好像不能不跟妳說。這是我第一次被捲進事件裡，也讓妳擔心了。」

嗯。媽點點頭。

「我相信你。既然你這麼覺得，那一定是這樣。」

她笑了起來。

「說不定有神跟在你身邊呢。」

「神？」

神？

我媽沒有信任何宗教。

「什麼神？」

「我也不知道，總之就是某種神。那種一直在幫助人的男人，一定是某一種神。有啊，在我們國家有各式各樣的神啊。」

「妳真的這麼想？」

媽用力地點點頭。

「對，因為幸生啊。」

「嗯。」

「你可別說出去，我以前從來沒告訴過別人。我跟神是朋友，以前經常一起喝酒。」

啊？

在說什麼？

「我只能告訴你這些。其他的是秘密，是我要帶進墳墓的秘密。」

☆

熄燈時間是晚上九點。

房間變得很暗。

看來只能睡覺了。這間四人病房卻只有我一個人住。一個人待在深夜的病房。

我想用媽幫忙帶來的iPad看電影，用耳機聽應該不會影響到別人。看個兩部片，大概就會有睡意了吧。

不過原以為深夜的醫院會一片寂靜，沒想到也不是。走廊上護理師的腳步聲、有人去上廁所的聲音、外面傳來的車聲、護理站裡監測器的聲音、手機的鈴聲，出乎意料可以聽到很多不同的聲音。

正想戴上耳機就聽到腳步聲，病房門慢慢打開。大概是哪位護理師來了吧？

「花井先生，花井幸生先生，應該還醒著吧？」

「對。」

布簾拉開，眼前帶著笑容站著的是負責照顧我的護理師伊澤小姐。我已經記住她名字了。年紀應該跟我媽差不多，是位資深護理師。

「不好意思，已經過熄燈時間了。」

她來到我病床旁，拉上布簾。

「不會啊，有什麼不好意思的。」

伊澤小姐親切地微笑。

「白天你母親來的時候，你說了那件事吧？我不小心聽到了。」

「什麼？」

「就是你目睹七次本來應該死掉的人被救活的場面。」

「喔，是嗎？」

被聽到了嗎？可能是剛好要進病房，聽到我們在說這些，也不好意思打斷我們吧。

「沒關係啦，也不是什麼不能讓人知道的事。」

「所以我想，這件事還是應該讓你知道比較好，就把他叫來了。」

叫來？

「誰？」

讓我知道比較好？什麼事？

「就是他啊。」

伊澤小姐抬了抬下巴，指向病床的另一邊。我急忙轉過頭去，看到一個身穿白袍的男人。

我以為那人是醫生。

不。

「死神先生！」

「好久不見了，幸生。」
是死神先生。
國中時我跟「山神」一起在森林裡時，曾經現身幫助我們的帥哥死神。
跟我有著一樣名字、一樣叫幸生的死神先生。
他之前明明說過，下次只有在我的死期才能見面。
「怎麼了？我要死了嗎？」
「別擔心。」
死神幸生先生笑了。
「你不會死了。幸生還可以長長久久、健健康康活上很長一段時間。我今天來是因為護理師伊澤小姐轉告我，所以特地來跟你說明的。」
「說明？」
護理師伊澤小姐點點頭。
「什麼？護理師認識死神先生嗎？妳看得見他？」
「她是『福神』喔。」

福神。

「就是可以帶來很多福氣的『福神』嗎？類似『山神』那樣的神？」

「沒有錯，現在她是護理師，不過等到明天你出院她就會消失了。」

消失。

「結束在這裡的任務，然後到其他地方變成不同的人，繼續發揮『福神』的功能。這就是我們的工作，我們的角色跟死神完全不一樣。」

角色。

「那我也不能告訴別人護理師伊澤小姐在這裡嘍？」

「不用刻意隱瞞，反正關於我們的記憶通常都會完全消失。」

會消失啊。

「啊，你不一樣。因為你是發現『山神』，又能跟『死神』說話的人。你會記得我，但也沒必要說給誰聽吧？」

「對啊。」

我覺得應該不會說啦。

那……？

「該不會我見過七次的那男人也是某種神？」

「你的理解非常正確。」

幸生先生慢慢微笑點頭。

雖然已經很久沒見，但死神先生一點也沒變。看來神真的不會變老呢。

「幸生之前見過的男人跟我們有點不一樣，有點不好說明，但簡單地說，可以稱呼他為『仙人』。」

仙人？

「就是那種修行之後可以變成神的仙人嗎？」

「沒有錯。原本跟你一樣是人類，但是因為非常努力，現在已經成為非常接近神的存在。當然，也跟神一樣長生不老。」

長生不老。

「他活了多少年啊？」

「我記得他應該已經存在這個世界上五百年左右了吧。比我資歷還久。」

「什麼！那死神先生現在幾歲了？」

「我們沒有生死的感覺，不過如果用人類的感覺來計算，我大概三百歲吧。」

五百歲的仙人跟三百歲的死神。

我望向伊澤小姐，她促狹地笑了。

「不可以問女人年齡喔。雖然我們是沒有年齡的啦。」

「對不起。」

「但是算起來我應該比死神年輕一點吧。我當福神大概兩百五十年左右。」

兩百五十年。

聽起來好厲害啊。

「所以那位仙人的角色，就是像這樣不斷在拯救人命嗎？」

死神先生稍微面露難色，然後點了點頭。

「你要這樣想也可以，但其實仙人並不是神，也沒有所謂的角色。因為根據修行的結果，他們才能脫離人身獲得神力。他們想做什麼都是自由的，不會被責備，也不會被誇獎。所以這就像是他的興趣吧。」

「興趣。」

以助人為興趣的仙人。

我覺得這真的是一件很棒的事。實際上我就親眼看過他救了七個人。

「那這七次我都只是碰巧目擊到仙人出於興趣救人？」

「關於這一點呢……」

死神先生倏地豎起了食指。

「看起來幸生包括你的出生在內，好像都具備吸引這類東西的特質呢。還有上次『山神』那件事也是。」

「我會吸引他們？」

我的出生？

「死神先生，我媽白天說她跟神是朋友，該不會……」

死神幸生先生微笑著。

「沒有錯。你母親以前經常一起喝酒的朋友，那個神就是我。」

媽跟死神先生是朋友？

「啊？那你跟我同名，該不會也是……」

「這件事不能由我告訴你。」

拜託，都說這麼多了。

「你母親沒說的事我不能說。這就像是我們之間的契約。」

「契約？」

「雖然不能說，不過呢，如果以後幸生被捲入我們神的事件中，或者遇到什麼麻煩事，請隨時呼叫我。不管什麼時候，任何地方我都會去。」

「那我該怎麼呼叫你呢？」

死神先生輕輕微笑。

「只需要叫聲『死神幸生』就行了。到時候如果行有餘力，也可以說說希望我以什麼裝扮出現。我會打扮成你期望的風格。」

死神幸生先生微笑著，這麼對我說。

春日 ハルヒブンコ 文庫

130

眾神的十月 2

すべての神様の十月（二）

眾神的十月 2 / 小路幸也作 ; 詹慕如譯. -- 初版. -- 臺北市 :
春天出版國際文化有限公司, 2023.07
面 ; 公分. -- (春日文庫 ; 130)
譯自 : すべての神様の十月（二）
ISBN 978-957-741-701-5(平裝)

861.57 112007813

ISBN 978-957-741-701-5
Printed in Taiwan

作　　者　小路幸也
譯　　者　詹慕如
總 編 輯　莊宜勳
主　　編　鍾靈

出 版 者　春天出版國際文化有限公司
地　　址　台北市大安區忠孝東路4段303號4樓之1
電　　話　02-7733-4070
傳　　眞　02-7733-4069
E－mail　bookspring@bookspring.com.tw
網　　址　http://www.bookspring.com.tw
部 落 格　http://blog.pixnet.net/bookspring
郵政帳號　19705538
戶　　名　春天出版國際文化有限公司
法律顧問　蕭顯忠律師事務所
出版日期　二〇二三年七月初版

定　　價　370元

總 經 銷　楨德圖書事業有限公司
地　　址　新北市新店區中興路二段196號8樓
電　　話　02-8919-3186
傳　　眞　02-8914-5524
香港總代理　一代匯集
地　　址　九龍旺角塘尾道64號 龍駒企業大廈10 B&D室
電　　話　852-2783-8102
傳　　眞　852-2396-0050